Oliver Uschmann und Sylvia Witt

Alles, was du denkst

Als Duo haben Oliver Uschmann und Sylvia Witt schon viele Jugendromane, Erwachsenenromane und Sachbücher veröffentlicht. Nach *Meer geht nicht* und *Es kommt* ist *Alles, was du denkst* das dritte super lesbare Buch von Uschmann und Witt. Die beiden leben gemeinsam mit zwei Katern auf einem Dorf im Münsterland.

Oliver Uschmann und Sylvia Witt

ALLES WAS DU DENKST

GULLIVER

Inhalt

Licht

Wie es uns geht, das macht das Licht. Das Grün im Wald fühlt sich an, als ob die Bäume sich herunterbeugen und einen umarmen. Besonders im Sommer. Sie umarmen einen und in der Nase kitzeln die Blätter.

Im Krankenhaus kitzelt gar nichts. Dort ist das Licht weiß. Aber nicht glitzernd weiß wie der Schnee an Weihnachten, sondern irgendwie grauweiß. Nennen wir die Farbe einfach Graus. Ja, das Krankenhaus, das ist ein Graus.

Es gibt Zitronengelb und Buntstift-Gelb. Es gibt Rot wie Blut, da denkt man an Gefahr, und Rot wie Erdbeermarmelade, da denkt man an Sonntag und lange Schlafen.

Von Blau gibt es ganz viele Sorten. Das Meeresblau fühlt sich an wie Ferien. Es riecht nach Sonnencreme, klingt nach Möwen und man spürt den Sand vom Strand zwischen den Zehen. Hallenbad-Blau ist in

Ordnung, wenn man freiwillig da ist. Aber mit der Schule, wenn am Beckenrand Herr Kötters steht? Furchtbar. Vor allem, weil der Kötters ganz krumme, fiese Fußnägel hat. Die sind nicht rosa, sondern eher braun. Der sagt einem ständig, wieso man im Leben versagen wird, aber ihm selber faulen die Nägel weg.

Aber ich war beim Blau. Blaulicht sagt man, wenn die Polizei kommt. Doch das Licht vom Fernseher und vom Computer heißt auch so. Und das vom Handy. Vor allem das. Wenn das Handy in dein Gesicht leuchtet, kannst du alles fühlen. Du kannst dich totlachen, weil jemand ein Video teilt, indem einer mit der Bettdecke so tut, als wäre er ein Monster, das die Katze schluckt. Die andere Katze sieht das und macht ein so entsetztes Gesicht, dass es in einem Comic übertrieben wäre. Dir wird warm ums Herz, weil ein Biber ein paar Möhren in seinen kleinen Händen herumträgt, die süße Nase in der Luft.

Du kannst dich aber auch aufregen, weil Basti was kommentiert hat in seiner typischen Art, nach der sich jeder mies fühlt. Oder du wirst neidisch, weil Victoria nach einem neuen Clip schon wieder 245 Follower hinzubekommen hat.

Mein absolutes Lieblingslicht bleibt das Goldbraun unserer Bäckerei. Ich spüre es sogar, wenn ich hier oben in der Wohnung im Bett liege und das Handy in der Hand habe. Dann steigt es auf, von unten aus dem Erdgeschoss, zusammen mit dem Duft der Brötchen und Papas besonderem Brot, das er immer noch so backt, wie sein Vater es früher getan hat.

Ich sag immer, er soll einen besseren Namen dafür erfinden als *Altendorfer*. So heißt es jetzt, weil unsere Kleinstadt so heißt. Altendorf. Aber es schmeckt viel besser, als es heißt. Saftig und würzig, irgendwie immer warm. Wie gerade aus dem Ofen. Sogar, wenn es längst abgekühlt ist. Knackige Kruste. Ein paar Körner, nicht zu viele. Man kann es ohne alles essen und ist glücklich. Vielleicht *Happy Crust*. Das könnte ein Name sein. Oder eben *Gold Brown*. Wie das Licht in der Bäckerei.

Jedenfalls sollte Papa was unternehmen, damit das Licht überhaupt an bleibt. Denn mit einem Laden, da ist es ja nicht wie mit einem Kanal im Netz. Victoria kann tausendmal so viele Fans haben wie ich, deswegen muss ich mein Profil nicht löschen. Aber wenn die Bread Boyz tausendmal so viele Kunden haben wie Papa, dann muss er irgendwann die Bäckerei zumachen.

Bread Boyz, das ist so eine Kette, wo kein einziges Brot so schmeckt wie Papas Altendorfer. Keines. Aber dafür haben sie gute Namen für ihr Zeug. Das ganz einfache Brötchen heißt bei denen *Home*, also Heimat. Papa macht den Teig noch selbst, aber die nennen ihre Brötchen Heimat. Dabei kriegen sie bloß tiefgefrorene Fertig-Teile aus der Ferne. Wo's eben gerade am billigsten ist.

Ohne Oma unten im Laden, hinter der Theke, da wären wir schon längst pleite. Meine Oma, die alle Farben kann, je nachdem, wer da vor der Theke steht. Die spürt, wenn sich jemand waldgrün fühlt oder handyblau oder graus, weil er gerade im Krankenhaus war. Die es schafft, dass ihr die Leute einfach alles erzählen und danach mehr kaufen, als sie wollten. Ich habe gar keine Farbe dafür, wie sehr ich Oma liebe. Vielleicht Himmelsblau. Ja, Blau wie der Himmel, wenn nur ein paar zarte, getupfte Wolken drin sind.

So toll mein Vater backt, ohne Oma wäre der Himmel über dem Laden grau. Bleistift-Grau. Dunkel wie schmutziger Regen. Sogar im Sommer, wenn im Waldgrün kleine, goldene Teilchen schweben, wie Krumen vom Brötchenteig.

Die ganze Nacht gekotzt

Halb acht. In zwei Minuten muss ich wirklich los zur Schule. Noch stehe ich aber halb neben und halb hinter der Theke, die Augen klein wie Schlitze. Papa ist schon seit fünf Stunden wach. Als er die Wohnung oben verlassen hat, bin ich überhaupt erst ins Bett gegangen. Habe doch noch ein frisches Video gemacht und darin über Licht geredet. Über Licht und seine Farben. Natürlich, ohne Victoria zu erwähnen. Oder Basti. Oder Herrn Kötters mit seinen widerlichen Zehen. Das habe ich nur gedacht. Der Wald kam aber vor und das Hallenbad und das Krankenhaus.

Zwei Herzen bislang und ein Daumen. Ein Typ namens clearmind14 schreibt: „Graus ist gut. So fühlt sich Krankenhaus an.“ Immerhin. Aber kein Einziger, der mir neu folgt.

Die Glöckchen klingeln, als Uwe die Bäckerei betritt. Uwe macht alles bei uns in Altendorf. Er trainiert die 12-Jährigen vom Fußballverein. Er ist freiwilliger Feuerwehrmann und Schützenkönig. Seine Gärtnerei schneidet vielen Leuten hier die Hecken und Bäume. Er kann sogar Teiche bauen. Das dauert nur ein paar Tage. Eben war da noch Wiese, schon ist da ein Mini-See. Mit Ufern und Schilf, mit Wasserfall und Fischen drin. Uwe hat fünf Kinder und eine Frau namens Bianca, der manche Leute hinterhersehen, wenn sie mal Brötchen holt und dann mit ihrem langen Haar die Bäckerei verlässt. Weizengold, so würde ich ihre Haarfarbe nennen. Wie ein Feld im Sommer.

Uwe tritt an die Theke heran und grummelt ein kaum hörbares „Guten Morgen, Hedi" in Richtung meiner Oma. Es klingt wie „Gmohedi".

Meine Oma legt leicht den Kopf schief und mustert Uwe. „Schlimme Nacht gehabt, was?"

Die Frage weckt Uwe auf. Wie angeknipst, beginnt er zu erzählen. „Es war der Leon. Er hat die ganze Nacht gekotzt." Uwe zögert kurz. Als müsste er eine Sekunde überlegen, ob man das einfach so erzählt. Dann sprudelt es weiter aus ihm heraus. „Da reiert der einfach alles voll. Wie eine Katze. Kennst du dieses Geräusch, Hedi. Bulk, bulk, bulk.“ Uwe kneift die Augen zusammen.

Meine Oma stellt schon mal das Körbchen zurecht. Darin sammelt sie alle Teile, die ein Kunde bestellt, bevor sie in die Tüte kommen.

Uwe macht die Augen wieder auf. „Ich bin gerne Vater, wirklich. Aber manchmal, da wünsche ich mir, es wäre niemand da. Keine Frau. Keine Kinder. Ich kann ausschlafen, niemand kotzt. Ich fahre einfach so angeln, weißt du? Ohne Telefon dabei. Nur ich und der See.“

Ich muss schmunzeln. Basti hätte das jetzt aufgenommen und Uwe eines Tages damit erpresst. Gib mir zehn Euro, sonst zeige ich das deiner Frau und deinen Kindern. Aber so ist das. Oma gegenüber sagen die Leute die Wahrheit.

Die Glöckchen klingeln wieder, aber anders als eben bei Uwe. Das liegt daran, dass Bernd in die Bäckerei stürmt. Bernd macht die Tür härter auf, schneller. Als ob er’s immer eilig hat. Bernd ist auch bei der Freiwilligen Feuerwehr. Uwe und er haben schon gemeinsam den Bauernhof von den Wangenheims gelöscht. Und einmal auf der Kirmes eine Backfisch-Bude. Aber ich glaube, irgendwas stimmt nicht zwischen denen. Sie grüßen sich nur wortlos, nicken sich zu.

„Hedi, mach mal schnell ...“, fängt Bernd an, aber meine Oma hebt ihre Hand, senkt den Kopf und schließt halb die Augen.

„Bernd, du brauchst doch bestimmt auch mal eine halbe Minute Pause, oder?“

Mit einem Mal atmet Bernd weniger hektisch, schaut sich um, zögert noch kurz und setzt sich dann auf einen der Hocker unserer Stehtische.

Oma Hedi wendet sich wieder an Uwe. „So, und du brauchst heute Trost-Gebäck. Für dich ein Kümmel-Brötchen mit Salz und für jeden aus deiner Familie, was er am liebsten mag.“

Uwe strahlt, schaut in die Auslage, aber Oma packt schon von selber ein.

„Für Bianca ein Chili-Baguette, mit Oliven. Für deine Mädchen, warte, einmal Schokobrötchen und einmal das weiche mit Zimt. Ähm, Louis und Leander kriegen jeweils ein Käsebrötchen mit und ohne Salsa ... und für Leon, auch wenn er gekotzt hat, ein Berliner mit Erdbeerfüllung. Nein, warte, stopp, mit Kirsche. So!" Oma Hedi hat die Sachen alle schon mit der Zange genommen und in den Korb gelegt. Ihre Hand geht zur Tüte, aber sie wartet noch.

Uwe schüttelt erstaunt den Kopf. „Wie kannst du dir das alles merken, Hedi?"

Meine Oma lächelt und dreht die Augen nach links oben wie ein stolzes, kleines Mädchen. „Talent. Und kein Handy."

„Pack ein", sagt Uwe, „und mach noch ein ganzes Altendorfer dazu, geschnitten."

Weltuntergang

Wie kann es sein, dass ich plötzlich eine Diplomatin bin? Ich trage einen Anzug, in Seemanns-Blau. Oder See*fraus*-Blau, in dem Fall.

Ganz viele Tische stehen in einem Kreis zusammen, einem riesigen Kreis. In dem leeren Raum in der Mitte könnte man Volleyball spielen. Außer mir sind hier fast nur Männer. Ihre Anzüge sind schwarz. Schwarz wie Steinkohle oder wie ein lackiertes Klavier. Schwarz wie Bitterschokolade oder wie der alte Mercedes von Papa, der schon eine halbe Million Kilometer gefahren ist.

Aus den Tischen ragen dünne, lange Mikrofone. An der Wand hängt ein riesiger Bildschirm, die Weltkarte darauf. Ein paar Stellen blinken rot. Ich weiß nicht, wieso. Ich weiß nur, dass es schlecht ist. Ein böses Rot. Blutrot.

Zwei der Männer brüllen sich gerade an, und ich glaube, ich muss den Streit schlichten. Schaffe ich das nicht, dann war's das mit der Welt. Aber ich verstehe die Worte nicht. Der eine spricht Chinesisch und der andere Englisch, aber so ein ganz komisches, als hätte er den Mund voll mit Steak und gleichzeitig mit Kaugummi. Wenn ich doch nur wüsste, was sie denken.

„Please!", rufe ich und hebe hilflos meine Hände. Aber die Männer hören nicht. Sie schimpfen so, dass feine Tröpfchen von Spucke fliegen. „Please!", rufe ich noch mal und danach rufe ich sogar: „Qǐng!" Es hört sich an wie „Xing", wie dieses komische soziale Netzwerk, das nur ganz alte Leute nutzen. Ich denke, das war „Bitte!" auf Chinesisch, und ich habe keine Ahnung, woher ich das weiß.

Aber es nützt alles nichts, denn auf dem großen Bildschirm geht es nun los. Über den roten Gebieten auf der Weltkarte erscheinen gebogene Pfeile, die sich bewegen. Ein Alarm ertönt und alle reden durcheinander. Manche springen auf und rufen zu Hause an, bei den Frauen und Kindern, in allen Sprachen.

Die Pfeile, das sind wohl Raketen. Raketen, die alles kaputt machen werden. Alles, vom

Strand in Kalifornien bis zur langen Mauer in den chinesischen Bergen. Und dazwischen: unser Dorf und die Bäckerei. Mein Papa. Oma. Alles weg. Nicht irgendwann, sondern gleich. Wenn die Raketen einschlagen. Weil zwei Männer sich gestritten haben und ich nichts daran ändern konnte.

„Jana."

Ich sehe eine der Raketen, in der Luft. Sie haben das Ding angemalt, allen Ernstes. Ein grimmiges Gesicht ist an der Spitze, rot auf schwarz, mit weißen Augen und gefletschten Zähnen. Und jetzt spricht dieses Gesicht zu mir. Dieses Comic-Gesicht, das die Welt zerstört.

„Jana!"

Das Raketengesicht grinst, ruft, nimmt die Zähne auseinander, senkt sich in Richtung Boden. Gleich schlägt es ein.

„Jana!"

BAMM!

Ich schrecke auf. Mein Herz rast, mein Puls hämmert in den Schläfen. An meiner Wange spüre ich noch das Holz des Tisches. Irgendwas ist feucht.

Das „BAMM!“ war Herr Kötters. Er hat seine Hand neben meinem Kopf auf die Tischplatte geschlagen. Die Welt, sie ist noch da.

„Du kannst unmöglich die Tochter eines Bäckers sein. So was Verpenntes habe ich noch nie erlebt.“

Basti zeigt auf meine Wange und lacht. „Guckt mal, Jana hat gesabbert wie so 'ne Hündin.“ Er zieht sein Handy aus der Tasche, um es zu filmen.

Fahir, der hinter ihm sitzt, springt auf und drückt das Telefon runter. „Lass den Scheiß!“

Basti schlägt Fahirs Hand zur Seite. „Pfoten weg, du peach!“

„Hey!“ Herr Kötters greift in seine Hosentasche und zieht für beide die gelbe Karte. Das hat er sich neu ausgedacht seit Beginn dieses Schuljahrs. Verwarnung, Gelb und Rot. Wie beim Fußball. Bei Gelb gibt's bereits einen Eintrag, bei Rot geht ein

Brief an die Eltern. Er findet das auch noch cool, aber es ist dermaßen peinlich. Da wird man rot, auch ohne Rot zu kriegen.

Er will die Karte schon wieder einstecken, da zeigt er sie mir auch.

„Ach, kommen Sie!“, rufe ich, „eben war ich noch Diplomatin!“

„Was warst du?“

„Ich ... ach, egal ...“

„Gelb wegen Schlafens im Unterricht.“ Herr Kötters notiert meinen Namen auf der Karte unter denen von Basti und Fahir. „Ist ja wohl klar.“

Er setzt sich wieder ans Pult, steckt die Karte ein und schaut mich noch mal an. Kopfschüttelnd sagt er: „Wie kannst du die Tochter eines Bäckers sein? Obwohl, gut, die müssen auch nicht mehr früh aufstehen. Ihr schiebt ja nur noch tiefgekühlte Teiglinge in den Ofen.“

„Mein Vater nicht!“ Jetzt sitze ich ganz vorne auf meinem Stuhl. „Bread Boyz machen das, aber Papa backt noch selber. Er hat das Altendorfer erfunden. Und er macht kleine, runde Pralinen aus Pumpernickel. Machen Sie das mal nach!“

Basti lacht. „Was ist Pumpernickel?“

Ich weiß, dass ich den nächsten Satz nicht auch noch sagen sollte, aber ich kann nicht anders. „Sie waren doch noch nie bei uns, Herr Kötters. Sie kaufen doch bei Bread Boyz, obwohl Sie ein reicher Beamter sind.“

Herr Kötters weitet seine Augen. Dann ziehen sie sich wieder zusammen. Wie bei einem Reptil. Krokodil-Lehrer. „Für eine Bäckerin bist du zu verpennt. Von deinem Englisch kriegt man Zahnschmerzen. Und wenn du schwimmst, sieht das aus wie bei einem Pudel, der in den Teich gefallen ist. Ich sage mal so, Jana, was deine Zukunft angeht – Sozialhilfe kriegen ist kein Beruf.“

Die ganze Klasse raunt. Ein paar kichern. Ein paar schütteln den Kopf.

Nur Fahir sagt was. „Das wäre eigentlich auch Gelb!“

Herr Kötters sieht ihn schweigend an, die Krokodil-Zähne gefletscht.

Fahir reibt sich die Augen und presst die Lippen zusammen.

Basti dreht sich um und sieht ihn an, als wolle er sagen: Das, Alter, war jetzt eine gute Aktion.

Es gibt keine Magie

Auf dem Schulhof dreht Victoria ein neues Video. Also, gleich. Vorher tupft Alina ihr das Gesicht ab, und Nesrin hält ein großes, rundes Teil in der Hand, das mit silberner Oberfläche die Sonne reflekiert. Die beiden sind Victorias Assistentinnen. Machen alles, was sie sagt. Ihr Dreh-Team. Fahir steht in der Nähe und sieht sich das Schauspiel an.

Ich gehe zu ihm. „Danke, dass du vorhin Gelb gefordert hast. Für den Kötters."

Fahir lächelt. „Das war schon nah an Rot."

„Ich bin nicht müde, weil ich faul bin", sage ich. „Ich drehe nachts Videos. Mit Brötchen kann man sich bald nicht mehr seine Brötchen verdienen."

Fahir nickt.

Drüben fängt Victoria an, in die Kamera zu plappern. Völlig belangloses Zeug. Dass gerade Schule ist und sie genervt sei. Sie ist zwei Jahre älter als wir, kam letztes Jahr her. Ihre geschminkten Lippen glänzen.

Hinter uns schlendern ein paar Jungs aus der Neunten vorbei. Sie reden darüber, wie sich gerade zwei Rapper im Netz gegenseitig bedrohen.

„Er hat gesagt, er sticht ihn ab."

„Wieso?"

„Der andere hat wohl Auge auf seine Frau gemacht. Der Bastard."

Beide lachen, den Blick auf ihren Telefonen.

Victoria schiebt den Kopf nach vorn, legt die Hände an die Wangen und macht einen Kussmund.

Ich schimpfe leise. „Da macht man sich Gedanken, in Videos was Richtiges zu erzählen, und die labert heiße Luft und sammelt die Leute ein. Wusstest du, dass sie schon Sachen von Firmen gratis kriegt? Lippenstift, Puder, sogar Klamotten."

Fahir nickt. „Sie weiß halt, was die Leute wollen. Ich gucke auch lieber, wenn du über die Farbe von Licht redest. Du hast recht. Das Krankenhaus ist ein Graus."

Jetzt werde ich rot. Rot wie stolzrot. „Warte. Bist du clearmind14?"

Fahir lächelt.

Ich schaue wieder zu Victoria. Sie nimmt einen Schluck Wasser und schaut kurz in den Himmel. Ihre Assistentinnen packen ein.

„Das ist alles kein Hexenwerk", sagt Fahir. „Die guckt sich an, womit andere Erfolg haben, und macht es nach. Nur um ein Prozent anders."

„Nein." Ich schüttele den Kopf. „Manche Menschen haben einfach magische Fähigkeiten."

Fahir lacht. „Magie gibt's nicht."

Herr Kötters steht oben am Fenster des Lehrerzimmers. Ich sehe ihn, bevor er mich sieht. Einen Moment lang wirkt sein Gesicht nicht wie das eines Krokodils. Eher wie ein trauriger Koalabär. Aber nur, bis er bemerkt, dass ich gucke.

Ich kann Fahirs Satz von eben nicht so stehen lassen. „Meine Oma macht, dass die Kunden ihr Dinge erzählen, die sie eigentlich niemandem erzählen würden. Danach kaufen sie mehr Gebäck. Um abzulenken oder weil sie Trost brauchen."

„Deswegen ist deine Oma doch nicht magisch."

„Magst du selbst gemachtes Brot?"

„Klar."

„Dann komm mit, ich zeig's dir."

*

Zehn Minuten später stehen wir in unserer Bäckerei, und Fahir erlebt, was ich meine. Gerade war Sabine da. Sie macht im Dorf den Friseurladen. Achtet sehr auf ihr Image. Eigentlich. Aber hier, bei Oma, da hat sie so heftig über ihren Mann gelästert, dass Fahir rote Ohren bekommen hat. Danach hat sie zwei ganze Altendorfer gekauft.

Und jetzt betritt Herr Angelkort den Laden. Wahnsinn, als hätte ich es geplant. Ich flüstere Fahir ins Ohr: „Das ist der Bürgermeister."

„Guten Tag, Hedi."

„Alfons, wie geht's dir?"

Der Bürgermeister steckt kurz die Hände in die Hosentaschen. Dann holt er sie wieder raus und schwingt sie durch die Luft. „Ganz ehrlich? Ich bin müde. Ich hab's so satt. Termine hier, Termine da. Nachher muss ich Fotos machen bei der Fensterfirma im Gewerbegebiet. 125 Jahre. Ja, herzlichen Glückwunsch!" Er betont es so, als wäre ihm nichts lästiger als Fenster. Fenster, wer braucht die schon?

Fahir sieht mich an, langsam doch erstaunt.

„Die sollen einfach ihre Arbeit machen! Fertig, aus! Und dann erst das Pfarrfest am Sonntag! Tausend Hände schütteln. Schwitzige, fettige Hände, widerliche Hände mit Viren dran! Hedi, ich will einfach nur mal wieder im Bett bleiben am Sonntag, weißt du? Im Schlafanzug, eine Pizza von Luigi auf dem Bauch. Ja, auf dem Bauch! Salami, Peperoni und doppelt Käse. Nee, nicht doppelt, dreifach! Netflix an, den ganzen Tag, und der Käse soll mir am Bauch runterlaufen auf das Laken!"

Jetzt atmet der Bürgermeister schwer. Sieht sich um. Hält sich die Hand vor den Mund. Wird rot. Eher rot-grün. Merkt, was er gesagt hat.

Oma Hedi fragt: „Eine Tüte Pumpernickel-Pralinen?"

Ich strecke mich wieder zu Fahirs Ohr und sage: „Na, Magie?"

Der Stummel-Flug

Fast zwei Uhr in der Nacht. Vor dem Fenster steht der Mond am Himmel. Ein paar Wolken ziehen daran vorüber. Es wirkt, als würden sie etwas Weiß vom Mond mit sich ziehen. Silbernes Weiß. Als wäre er mit Wasserfarben auf dunkelblauen Untergrund gemalt und die Wolken sind ein nasser Pinsel.

Soll ich was über den Mond erzählen? Oder so tun, als wäre ich eine Mutantin, die immer wach bleiben kann? Jana Overnight – das Mädchen, das nie schläft. Nein, alles albern. Ich schaue mir an, was andere so machen. Es gibt Influencer, die verdienen Millionen. Charli D'Amelio, die ist bloß fünf Jahre älter als ich und könnte unser ganzes Dorf kaufen. Die Bäckerei von Papa, den Fußballverein, die Bread Boyz, sogar die Kirche. Kann man Kirchen kaufen? Wahrscheinlich schon.

Papa sagt immer, Geld sei die Wurzel aller Probleme – und gleichzeitig die Lösung. Diese Charli hat einfach nur getanzt. Hat sich Lieder rausgesucht, die gerade trendeten, und vor der Kamera getanzt. Das ist jetzt keine Idee, auf die noch niemand gekommen wäre. 140 Millionen Menschen folgen ihr, das sind fast doppelt so viele, wie in ganz Deutschland leben.

Ein junger Mann namens Khaby Lame hat auch so viele Fans. Er macht sich in seinen Videos über andere Videos lustig, in denen Leute sich bei irgendwas besonders blöd anstellen. Khaby zeigt dann, wie es einfacher geht, und guckt dazu sehr witzig in die Kamera. Müde und wach gleichzeitig. So, wie unsere Mathelehrerin, Frau Değirmencioğlu, wenn sie uns vergeblich was erklärt.

Khaby war arm, hatte seinen Job verloren, musste wieder zu seinen Eltern ziehen, die selber kaum was hatten. Er fängt an, diese Videos zu machen, und zwei Jahre später verdient er pro Video 750.000 Dollar. Pro Video! Mir würde es schon reichen, wenn ich eine Idee hätte, die dafür sorgt, dass Papa mal wieder lacht.

Ich reibe mir die Augen und öffne das Fenster. Kühle Mondlicht-Luft weht herein. Sie riecht nach Tannen und Schnee, obwohl wir Spätsommer haben.

In der Ferne bellt ein Hund. Das ist nachts immer so. Tagsüber kläffen sie einen auf der Straße direkt an, aber nachts hört man sie immer nur in der Ferne. Auf dem Teppich unter dem Fenster liegt ein Bleistift-Stummel. Er ist nur noch so lang wie ein Fingernagel. Das Ende habe ich abgekaut, viele Jahre lang. Im Holz sind viele kleine Spuren meiner Zähne. Ich hebe ihn auf und schaue ihn an.

Mit dem Stift habe ich die fünfte Klasse angefangen, vor vier Jahren. Einmal, da habe ich ihn nach Tara geworfen. Bis heute ärgert sie mich. Stichelt herum. Äfft mein schlechtes Englisch nach. Lästert über unsere Brötchen. Sie saß am offenen Fenster damals. Sie hat sich geduckt und der Stift flog nach draußen und zwei Stockwerke runter auf die Wiese neben dem West-Flügel der Schule.

Oder eben nicht ganz auf die Wiese, denn kurz nach dem Werfen hörten wir eine Stimme. „Hier kam ein Stift geflogen!“

Wir sahen aus dem Fenster, die halbe Klasse und Herr Kötters. Unten, auf der Wiese, stand Fahir. In der linken Hand eine Erdbeermilch und in der rechten meinen Stift. Aus der Luft gefangen, mit Daumen und

Zeigefinger. Es war sein erster Tag bei uns. Das habe ich nie vergessen. Den Stummel werfe ich erst weg, wenn auch noch das letzte bisschen Holz ab ist.

Die Erinnerung an den Stummel-Flug macht mir Lust auf Erdbeermilch. Ich schlurfe in die Küche, um nachzusehen, ob wir noch welche haben. Unten, im Kühlschrank der Bäckerei, da steht sie auf jeden Fall. Mein Vater sitzt am Küchentisch vor seinem Laptop. Das Ding ist sehr alt. Es schnauft wie ein Drache mit Husten. Als ich reinkomme, klappt er schnell den Bildschirm zu.

„Guckst du was Unanständiges?"

„Jana!"

Ich kichere, aber Papa bleibt ernst wie ein Sauerteig.

Sein Blick fällt auf das Foto von Mama an der Wand neben dem Kalender. Sie steht in den Bergen, einen Rucksack auf, die Arme ausgebreitet. Als wolle sie sagen: „Seht ihr die Gipfel dahinten? Da gehe ich auch noch hin. Und dann weiter, immer weiter, bis ans Meer. Bis an alle Meere. In alle Berge. Die Welt ist schön, und wir sind nur einmal hier, um sie zu sehen."

Ein Jahr später war sie tot.

„Deine Mutter hat recht gehabt", sagt Papa.

Eigentlich wäre es mir lieber, er würde normale Vater-Dinge sagen um diese Zeit. Dinge wie: „Jana, wieso bist du noch wach?" Oder: „Morgen ist Schule. Willst du nicht, dass was aus dir wird?" Stattdessen greift er zu der Bierflasche auf dem Tisch und spricht weiter. „Wir backen und hoffen, backen und hoffen. Wir stellen uns vor, dass wir die Berge noch mal sehen und das Meer, aber wir backen nur ... und hoffen ... und dann sind wir auch tot."

„Papa!"

Ich mag es nicht, wenn er so ist. Dann denke ich, er wäre mein Kind und ich müsste ihn trösten. Aber ich habe Mama auch verloren.

Neben dem Spülbecken liegt ein Stapel Post. Lauter lange, rechteckige Umschläge. Sie sind alle noch zu. Ich gehe hin und lese, von wem sie kommen.

„Papa, hier ist sogar einer von Herrn Brüggemann."

Herr Brüggemann ist unser Vermieter. Papa piddelt das Etikett von der Bierflasche.

Ich nehme einen anderen Brief in die Hand. Auf allen sind die Logos von Firmen aufgedruckt. In kühlem Blau, grellem Gelb, trübem Braun. „Sind das alles Rechnungen?"

Papa hört auf, an der Flasche herumzureißen, und sieht mich an. Er guckt wie Khaby Lame. Nur halt so, als müsste er nicht über andere, sondern über sich selbst den Kopf schütteln. Ich spüre, dass das nicht gut ist, die Sache mit diesen Umschlägen.

„Wieso machst du die nicht auf?"

Mein Vater schlägt mit der linken Hand auf den Tisch. Sein Laptop schnauft jetzt noch lauter. Als hätte er sich verschluckt. Eine Etage über uns schläft Oma unter der Schräge. Sie kann den Mond direkt über sich im Dachgeschoss-Fenster sehen.

„Was bringt's, die aufzumachen, wenn ich sie sowieso nicht bezahlen kann?"

Ich will wütend sein, aber ich kann es nicht. Im Kühlschrank finde ich eine letzte Erdbeermilch, knalle sie auf den Tisch und nehme dafür das Bier weg.

„Hier, trink was Süßes! Dann hast du zehn Minuten lang etwas Mut und machst die Umschläge auf."

Bevor mein Vater noch was sagen kann, stapfe ich in mein Zimmer zurück.

Heiße Schweden

Die mächtigen Männer beschimpfen sich wieder. Dieses Mal trage ich einen grünen Anzug, aber das hilft auch nichts. Auf dem großen Bildschirm an der Wand blinken wieder die Länder. Rot. Orange. Gelb. Der Amerikaner ist immer noch der gleiche, aber der Asiate hat sich verändert. Ich glaube, jetzt ist es ein Japaner. Sind Amerikaner und Japaner nicht befreundet?

Angestrengt denke ich nach, was „Bitte!“ wohl auf Japanisch heißt. Auf einmal hören die beiden einfach auf zu sprechen. Auch ihre Hände fuchteln nicht mehr. Die ganzen Körper bleiben still. Nur die Köpfe, die drehen sich jetzt zu mir. Wortlos sehen sie mich an, die Männer, als ob nun alles an mir liegt. Auch sonst spricht keiner mehr.

Stille.

Und in die Stille hinein ein blaues Licht. Eines, das flackert. Heller, weniger hell, heller, weniger hell.

Es wirft die Körper der Männer als Schatten an die Wand. Ich spüre was Weiches in meinem Rücken. Und an meiner Wange. Weich wie eine Matratze, wie ein Kissen. Als ob ich nicht stehe, sondern liege. Im Bett liege. Im Bett in meinem Zimmer, wo das flackernde Blaulicht gerade durchs Fenster reinkommt. Von der Straße.

Es dauert einen Moment, bis ich das begreife. Das eben, das war wieder ein Traum. Das Blaulicht aber, das ist echt.

Ich springe aus dem Bett und renne zum Fenster. Unten auf der Straße steht ein Krankenwagen. Zwei Sanitäter schieben eine Liege hinein. Eine süße, alte Frau liegt darauf, die Nase hinter einer Sauerstoff-Maske verborgen. Weiße Locken. Mein Herz bleibt stehen. Das ist Oma! Auf dem Schreibtisch liegt der Stummel, als wäre ihm alles egal.

Ich renne durchs Haus, falle fast die Treppe hinunter. Flur, Hausflur, Backstube, Verkaufsraum. Papa steht auf der Straße, im Schlafanzug. Als ich rausstürze, fährt der Krankenwagen gerade weg.

Papa merkt, dass ich hinter ihm stehe. Sofort nimmt er mich in den Arm, aber ich drücke ihn weg. Bloß kein Umarmen! Wenn man so schnell in den Arm genommen wird, dann stirbt jemand.

„Was ist passiert?“

„Ich glaube, Oma hatte einen Schlaganfall. So genau wissen sie das noch nicht. Ich habe sie im Bad gefunden, auf dem Boden.“

„Wieso weckst du mich nicht?“

„Es musste schnell gehen. Ich wollte bei ihr bleiben.“

Er nimmt meine Hand. Ich will sie wegziehen, aber er hält sie fest. Tränen schießen mir in die Augen. Die Ohren sausen. Nicht auch noch Oma.

„Papa!“

„Wir fahren sofort hinterher, ja? Wir ziehen uns an und dann sind wir gleich im Krankenhaus.“

*

Das Krankenhaus, in das sie Oma gebracht haben, heißt nicht Krankenhaus, sondern Hospital. Und die Farbe ist nicht Grauweiß, also Graus, sondern eine Mischung aus Grau und Beige, also Greige. Noch schlimmer.

Oma lebt. Sie liegt in einem Bett neben einem großen Fenster. Der Mond steht immer noch verwaschen da oben, schaut sich alles an. Jetzt drückt Oma unsere Hände, die von Papa und mir. So war das bei Mama auch. Die Kranken liegen im Bett und müssen die beruhigen, die gesund davor stehen.

Oma lallt ein bisschen, spricht die Wörter anders. Aber sonst ist sie ganz bei sich.

Papa sagt: „Mach nicht solche Sachen, Hedi. Wenn du nicht da bist, verkaufen die Mädels gar nichts mehr."

Mit den Mädels meint er Celine und Elif. Die Verkäuferinnen in der Bäckerei. Oma macht das ja alles freiwillig und nicht gegen Bezahlung. Aber sie verkauft zehn Mal so viel wie die beiden. Celine kann einfach nichts verkaufen. Manchmal denkt man, es ist ihr unangenehm, den Kunden Geld abzunehmen.

Elif könnte schon, aber sie will nicht. Lieber tippt sie Kommentare über ihr Handy ins Netz.

An der Wand des kleinen Zimmers flimmert ein Fernseher. Man sieht Soldaten, wie sie über einen Hügel marschieren, und ein paar Männer wie aus meinem Traum. Allerdings keine Chinesen oder Japaner. Diese Herren tragen Oberlippen-Bärte. Einer hat Augenbrauen wie trockene Büsche. Ein Experte wird eingeblendet und erzählt was zu diesen Szenen. „Was gerade zwischen dem Schwarzen und dem Kaspischen Meer geschieht, macht uns große Sorgen. Es wirkt wie ein kleiner Streit, aber es kann große Folgen haben. Denn jeder der Beteiligten hat eine größere Welt-Macht als Schutz hinter sich. Es ist nun wichtig, dass alle die Ruhe bewahren. Dass keiner einfach so ausspricht, was er vielleicht gerade denkt. Dieser Konflikt ist ein Pulverfass."

Meine Oma löst ihre Hand aus meiner. Sie greift zur Fernbedienung und macht die Sendung aus. Dann schaut sie Papa an.

„Lutz, bitte lass mich mal einen Moment mit meiner Enkelin allein."

Papa seufzt. Er schaut zu Oma, schaut zu mir. Langsam löst er seine Hand von Omas, geht hinaus und schließt leise die Tür.

Oma klopft auf die Matratze. Ich setze mich zu ihr aufs Bett.

„Jana. Ich glaube, es wird Zeit, dass ich dir was erzähle."

Ich hebe die Hand: „Nein. Stopp! Du lebst noch lange. Du musst mir nichts Wichtiges erzählen, das nur dran ist, weil du stirbst."

„Ich sterbe nicht, Liebes. Aber ..."

„Kein Aber!"

„... aber du siehst doch, Jana, dass immer was passieren kann. Und deswegen solltest du es wissen."

Jetzt seufze ich. Knete die Matratze.

Oma sagt: „Du weißt doch, wie die Leute immer so ehrlich werden, wenn ich dabei bin."

Ich nicke. Hab's ja sogar Fahir gezeigt. Ihre Magie.

„Das ist nicht bloß, weil sie mir so vertrauen. Das kommt daher, dass die Frauen unserer Familie eine besondere Fähigkeit haben."

Ich springe vom Bett auf und rufe laut: „Es ist doch Magie?"

Oma runzelt die Stirn. „Wieso doch?"

„Ich habe einem Freund aus der Schule gezeigt, wie es zugeht in der Bäckerei. Und der meinte, Magie gibt's nicht, und ich meinte ..."

Oma greift meine Hand und zieht mich wieder zu sich. „Ob Magie oder ein Fluch oder ein Segen ... es war in unserer Familie seit Jahrhunderten. Eigentlich hätte deine Mutter es dir übergeben sollen, aber nun liegt es an mir."

„Übergeben? Was übergeben?"

Die Tür springt auf und eine Krankenschwester stürmt herein. Ihr Blick flattert. Sie prüft etwas an dem Tropf neben Omas Bett, von dem ein Schlauch mit Nadel in ihren Arm führt.

„Wieso ist das so eingestellt?“ Die Krankenschwester schaut Oma an. „Sie sind ja gar nicht Frau Blaswig.“

„Nein.“

„Aber wieso haben die dann ...?“ Die Frau schaut in ein kleines Tablet, in dem wahrscheinlich die Patienten stehen.

Oma legt ihr die Hand auf den Unteram. „Sie sind ja ganz aufgelöst, Liebes. Machen Sie doch kurz eine Pause.“

„Kann ich mir nicht erlauben!“, sagt die Krankenschwester. Sie bleibt aber stehen.

Oma fragt: „Was ist denn los?“

Die Schwester zögert noch einen Moment. Dann sprudelt es aus ihr heraus. „Es ist alles so furchtbar hier. Die Kolleginnen lassen mich im Stich. Auf Zimmer 12 liegt ein Patient, der mich einfach so begrapscht. Aber wir sollen so was nicht melden. Es sind doch alte, kranke Männer. Ja, ganz arme Männer! Erwürgen sollte ich den!"

Die Augen der Schwester funkeln. Nicht böse, sondern verzweifelt. Sie ist wieder zwölf, ein Mädchen, das weinen will, aber lieber schreit. „Ich will am liebsten abhauen. Ganz weit weg. Wie in diesem alten Lied. Wo einer im Hausflur steht und sich überlegt, einfach seine Familie zu verlassen. Er steht auf der Treppe in dem Text und denkt darüber nach, wie das wohl wäre, jetzt spontan aufzubrechen. Aber ich kann nirgendwohin. Ich habe ein Kind zu Hause und einen kranken Mann. Ich hasse mein Leben!" Die Frau atmet tief aus. Jetzt sieht sie Oma und mich an, als wäre sie eben aus einem Traum aufgewacht.

„Wieso habe ich Ihnen das erzählt? Einfach so?" Sie wischt sich über die Stirn und stolpert rückwärts aus dem Zimmer. „Ich hab' nichts gesagt. Sie haben nichts gehört. Auf der Station ist alles super und ich komme bestens zurecht." Sie knallt die Tür hinter sich zu. Wir hören ihre Schritte im Flur.

„Das“, sagt meine Oma. „Das kann ich dir übergeben.“

„Es liegt nicht in den Genen?“

„Nein. Wir übertragen dieses Talent. Aber eigentlich erst viel später. Meine Mutter hat es damals mir gegeben, als deine Mama schon auf der Welt war, und ihr gab ich es, kurz bevor sie …“ Oma möchte es nicht aussprechen.

„Wie funktioniert es?“

Oma legt mir eine Hand auf die Stirn und eine aufs Herz. Ich schließe schon die Augen, um die Magie zu empfangen, aber Oma nimmt die Hände schnell wieder weg.

„Du musst dir sicher sein, ob du das wirklich willst, Kind.“

„Wieso sollte ich das nicht wollen? Alle sind ehrlich zu einem. Das ist doch der Wahnsinn.“

„Ja, aber Frauen mit magischen Fähigkeiten, wie du sagst, die haben es in der Geschichte schwer gehabt.

Du weißt, wie man sie genannt hat? Was mit den ‚Hexen' geschehen ist?"

Ich stehe vom Bett auf und stelle mich ganz gerade hin. Sehe meine Oma an, so erwachsen ich kann. Mein ganzer Körper soll sagen, wie ernst ich es meine.

„Ich möchte es."

Oma richtet sich etwas auf. Der Schlauch vom Tropf wackelt. Vor dem Fenster biegen sich ein paar Bäume im Wind. Als würden sie sich absichtlich zur Seite neigen, damit sie sehen können, was hier drinnen abgeht. Meine Oma legt mir wieder die Hände auf. Sie atmet tief ein und summt eine Melodie. Ganz leise. Trotzdem erfüllen die Töne den ganzen Raum. Ich habe das Gefühl, dass ihre Hände wärmer werden. Auf meinem Herzen. Auf meiner Stirn. Nach ein, zwei Minuten nimmt sie sie langsam weg und lehnt sich wieder ins Kissen zurück.

„Ich merk' nichts", sage ich.

Oma schmunzelt. Sie schaut zur Tür. Ich drehe mich um, öffne sie und warte, bis irgendjemand auf dem Flur vorbeikommt. Es ist eine Frau mit lockigen schwarzen Haaren und einer schmalen Lederjacke.

„Entschuldigung?“, frage ich. „Was wünschen Sie sich gerade?“

Die lockige Lederjacke bleibt stehen. Eine Sekunde rümpft sie die Nase. So nach dem Motto: Einer Teenagerin, die einfach so ihre neugierige Nase auf den Flur streckt, erzähl’ ich doch nix. Dann sagt sie: „Was ich mir wünsche? Eine riesige Pizza mit Salami wünsche ich mir und eine Nacht mit diesem einen Arzt, der hier rumläuft. So ’n Schwede. Oder Norweger. Voll der heiße Typ. Obwohl’s da oben ja kalt ist. Ich wünsche mir, dass mein fauler Bruder auch mal unsere Mutter hier im Krankenhaus besucht. Aber weißt du was? Eigentlich wünsche ich mir’s auch wieder nicht. Denn wenn ich das alles erledige, dann kann ich auch immer darüber schimpfen. Dann bleibt mein Bruder der Böse und ich die Gute, die alles macht. Und eigentlich will ich das so.“

Ich spitze die Lippen und puste Luft aus. „Danke!“

Schnell schließe ich die Tür. Oma nickt nur. Es hat geklappt. Die Magie ist übertragen.

Oma winkt mich wieder zu sich. „Willkommen in der alten Linie."

Ich werde rot. Stolzrot. Es fühlt sich seltsam an. Jana Wiehl, Jüngste in einer Ahnenreihe, die bis zu den Hexen zurückreicht.

„Sei vorsichtig." Oma legt ihre Hand auf meine. „Und Jana?"

„Ja?"

„Ich weiß nicht, ob das überhaupt geht, aber ... wende es nicht im Netz an. Ja? Nur von Gesicht zu Gesicht. Das ist wichtig."

Zwei lila Schwäne

Früher hat Victoria nie mit mir gesprochen. Für eine erfolgreiche junge Frau wie sie sind Mädchen wie ich Luft. Dachte ich. Bis eben.

Da steht sie bereit mit ihren Assistentinnen, um ein Video zu machen. Alina hat das Puder schon in der Hand. Nesrin fummelt den runden Licht-Schirm auf.

Ich gehe an ihnen vorbei und sage zu Victoria: „Und? Hast du Bock zu drehen?“

Daraufhin sieht Victoria mich kurz an und schließlich ihre zwei weiblichen Minions. „Geht!“

Alina und Nesrin wissen gar nicht, wie ihnen geschieht.

„Haut ab! Trinkt Kakao. Macht blau.“

„Aber Vic", sagt Nesrin und kürzt den Namen von Victoria ab, „im Drehplan steht, das wird der zweite Teil von *Schule ist cringe*."

„Ist mir egal, was in dem Scheiß-Plan steht!"

Victoria berührt mich an der Schulter. „Komm, lass uns eine Runde gehen."

Wir verlassen den Schulhof. Dort stehen Alina und Nesrin immer noch an der gleichen Stelle. Sie wissen nicht mehr, wie sie ohne die Befehle ihrer Chefin leben sollen. Minions eben.

Direkt gegenüber der Schule liegt ein kleiner Park. Große Büsche beugen sich über Wiesen. Von alten Bäumen fallen die ersten Blätter herunter, weil sie den Herbst nicht abwarten können. Auf einem kleinen See schwimmen Schwäne.

Victoria zeigt auf sie. „Wusstest du, dass alle Schwäne in England dem Königshaus gehören?"

Ich schüttele den Kopf.

„Ist seit ein paar Hundert Jahren so. Früher haben die Könige die gegessen.“

Sie legt den Kopf kurz auf ihre Hände. Als sei sie völlig müde. Dann guckt sie wieder hoch. Ihre fein gezogenen Augenbrauen sitzen nun tiefer. „Ich hab’ überhaupt keinen Bock, heute zu drehen.“

„Was?“

„Ja, du hattest mich doch eben gefragt.“ Sie schnauft. „Ich hab’ auch morgen keinen Bock und übermorgen. Und wie Nesrin immer Vic statt Victoria sagt. Als sei sie stolz, einen Promi beim Kurznamen zu nennen.“ Victoria reibt sich die Nase. „*Schule ist cringe.* Was für ’n Mist! Ich mag die Schule eigentlich. Aber sag das mal deinen Followern, da gibt’s direkt einen Shitstorm.“

Ich kann das immer noch kaum glauben. Nicht dass es mir wichtig wäre. Aber das Alpha-Mädchen der Schule hockt mit mir im Park und erzählt alles, was sie wirklich denkt.

Sie zieht ihr Handy aus der Tasche. „Ich zeig dir jetzt mal was.“

Ich kneife die Augen zusammen. Victoria deckt das Display etwas gegen die Sonne ab.

Ich sehe sie, ein paar Jahre jünger, an einem Tisch. Oder besser gesagt sehe ich sie nur ganz kurz, als sie das Publikum begrüßt. Dann sehe ich nur noch ihre Hände, die Sachen ins Bild ziehen. Einen Füller. Einen Tischtennis-Schläger. Eine alte Tasse mit Aufdruck von Snoopy. Zu jedem Teil erzählt sie was. Ganz ruhig. Ohne Musik. Fast flüsternd. Was sie damit erlebt hat. Was das Ding bedeutet. Und sie selbst bleibt unsichtbar.

„Mein erster Kanal. Der hieß *10.000 Things*, also zehntausend Sachen. Weil in einem normalen Haushalt in Deutschland angeblich zehntausend Sachen rumfliegen. Ich wollte die alle zeigen. Egal was. Einfach alles. Und was dazu erzählen. Das hat mir wirklich Spaß gemacht. Nicht dieser Schwachsinn, wo ich herumhüpfe und die Stimme so hoch mache und mit den Augen rolle."

„Wieso hast du damit aufgehört?"

„Guck dir die Zahlen an."

Ich gucke. 272 Follower. Das Video, das gerade läuft, hat gerade mal 589 Klicks und drei Likes.

Der Schwan auf dem See schüttelt sich. Ich gebe Victoria das Handy zurück. „Ich könnte auch viel über meine Sachen erzählen. Die erste Folge wäre über einen Bleistift-Stummel."

Victoria steckt das Telefon wieder ein. „Mittlerweile machen so was viele. Sogar mit Erfolg. Der Markt ist zu. Ich war der Zeit voraus. Aber im Prinzip würde so was zu dir passen."

„Wieso?"

Victoria legt den Kopf schief und presst die Lippen zusammen.

„Sag ehrlich!"

Ich sehe förmlich, wie ihre Lippen sich öffnen und sie nicht anders kann. Ob das richtig ist, die Magie so anzuwenden?

Victoria legt mir die Hand auf die Schulter. „Süße, du bist einfach kein Typ dafür, Videos zu machen, in denen es um dich geht. Um was anderes, um Sachen, um Filme, alles klar. Aber wenn's um einen selbst gehen soll, dann muss man besser aussehen."

„Danke sehr."

„Ich soll ehrlich sein."

„Ja."

Ein alter Mann schlurft an den See heran. Er wirft Brot-Krumen hinein. Rund um den weißen Schwan versammeln sich gelb-braune Enten.

„Du wirkst nicht wie ein Star. Nicht wie eine, bei der die Jungs denken, mit der will ich jetzt sofort knutschen. Oder auch das eine oder andere Mädchen."

Ich sollte wohl beleidigt sein, aber wie offen sie ist, das fühlt sich gut an. Und es macht mich sogar mutig. Am Zaun des Schulhofs drüben lehnt Fahir und trinkt eine Erdbeermilch. Ich stehe auf. „Komm mit."

Wir gehen rüber. Mein Herz klopft. Früher hätte ich das nie gemacht. Die Fähigkeit, die ich bekommen habe, scheint auch die Welt größer zu machen. Als ob mehr möglich ist.

Fahir schaut uns an, als wären wir zwei lila Schwäne. Victoria und ich als Freundinnen, das gibt's ja eigentlich gar nicht.

Ich betrachte seine Nase, seine Lippen. Die glänzend braunen Augen. Die hohen Wangenknochen. Mein Herz klopft schneller. Dann haue ich es raus, solange ich mich noch traue.

„Willst du knutschen?“

Victoria reißt die Augen auf.

Fahir lässt die Erdbeerflasche sinken und sagt: „Klar!“

Und dann stehen wir da, am Zaun, und die Augen und die Wangenknochen und die Lippen sind ganz nah. Sogar unsere Zungen tippen sich an. Meinetwegen kann das noch eine Weile so bleiben. Langsam lösen wir uns. Auf dem Schulhof sind einige

Handys gezückt, die Kameras auf uns gerichtet. Ich höre Nesrin rufen: „*Die?* Er steht auf *die*? Sein Ernst?“

Fahir sagt: „Ich hab’ damals deinen Stummel gefangen.“

Ich kichere.

Victoria lacht und schreitet zu ihren Assistentinnen zurück. „Heute wird nicht gedreht. So!“

Ich kann kaum glauben, wie der Tag weitergeht. Bei allen probiere ich meine neue Fähigkeit aus. Und bei allen wirkt sie.

Unsere Mathe-Lehrerin, Frau Değirmencioğlu, erzählt mir, wie satt sie alles hat. Sie klingt dabei wie die Krankenschwester bei Oma. „Ich würde euch alle auf eine Drei kriegen“, sagt Frau Değirmencioğlu. Den Namen hat sie als Griechin von ihrem türkischen Mann übernommen. Die beiden haben sich auf Zypern kennengelernt. „Eine drei, für euch alle! So gut könnte ich euch Mathe erklären. Aber ich dürfte das nicht. Verstehst du? Alle sind Eins bis Drei, weil alle wirklich was gelernt haben? Das will keiner.

Denn es muss in einer Klasse alle Noten geben. Also auch Vierer und Fünfer und Sechser. So wollen die das da oben in den Ämtern."

Basti sagt mir, dass sein Vater oft sauer wird und dann mit der Faust in die Wände schlägt. Immerhin nur in die Wände. Aber das sähe blöd aus, überall diese Beulen. Als hätte jemand in der Wohnung Tennis gespielt und den Ball gegen die Tapete gedroschen.

Von einem kleinen Fünftklässler will ich eigentlich gar keine Antwort. Aber er fällt hin, ich hebe ihn auf und frage bloß: „Alles in Ordnung?" Und dann heult er, aber nicht, weil er hingefallen ist. „Nichts in Ordnung!", plärrt er, „alles Kackscheiße!" Er erzählt, dass seine Eltern arbeitslos geworden sind, seit alles teurer ist. Dass sie ausziehen mussten und in ein Haus, wo „alle böse" sind. Er sagt wirklich „böse", gefolgt von ein paar Schimpfwörtern, die ich nicht aus diesem kleinen, schmalen Mund erwartet habe.

Als die Schule aus ist, sehe ich Herrn Kötters, wie er gerade an den Fahrrad-Ständern sein Schloss aufmacht. Ich gehe zu ihm.

„Wieso sind Sie so gemein zu mir?"

Herr Kötters schaut erst nach oben und dann in die falsche Richtung. Als wäre meine Stimme von irgendwoher aus dem Off über ihn gekommen. Schließlich findet mich sein Blick.

„Patrick und Pepe."

„Bitte?"

Herr Kötters knetet seine Finger. Nun ist sein Blick irgendwo in der Vergangenheit. „Die ganze Schulzeit über haben sie mich gequält. Mit Worten. Als wäre alles, was ich mache, lächerlich. Alles, was ich sage, albern. Als wäre ich ein einziger Fehler."

„Und deswegen quälen Sie jetzt mich? Weil Sie auch mal der sein wollen, der mobbt?"

Er zeigt in Richtung Innenstadt. „Ich könnte im Buchladen stehen. Berühmt sein, als Philosoph. Ich weiß mehr als alle anderen Kollegen.

Ich könnte im Fernsehen sitzen, und sie würden mich fragen, was mit der Welt los ist. Patrick und

Pepe würden staunen. Aber mehr als das hier habe ich nicht geschafft. Weil ich zu faul gewesen bin. Ich lebe unter meinen Möglichkeiten. Und du auch, Jana!"

Ich ziehe meine linke Augenbraue hoch. Was gibt das jetzt?

„Wenn ich sage, dass ich bei deinem Englisch Zahnschmerzen kriege. Oder dass du keine Bäckerstochter sein kannst, weil du im Unterricht pennst. Das mache ich doch nur, damit du den Hintern hochbekommst. Ich kann nicht zusehen, wie noch jemand sein Talent vergeudet. So wie ich."

Er packt sein Schloss verlegen in die Tasche, statt es am Rad festzumachen. Holprig steigt er auf und fährt in Schlangen-Linien davon.

Ich stehe zwischen den Rädern und sehe meinem Lehrer nach. Er ist immer noch der Junge, den sie damals runtergemacht haben. Nur eben groß geworden. Nachdenklich gehe ich vom Schulhof und um die Ecke über die Wiese. Die Wiese unter dem Fenster, aus dem damals mein Bleistift geflogen ist. Hier hat Fahir ihn gefangen. Ich muss wieder an seine Lippen denken von vorhin. Weich und fest zugleich. Und an seinen Geruch. Ein bisschen wie Vanille.

Auf der Wiese sitzt Tara und tippt trotzig was in ihr Handy. Die frage ich jetzt auch noch, wieso sie mich seit Jahren triezt. Wenn ich schon dabei bin. Wer weiß, ob meine Fähigkeit anhält? Wer weiß, ob Oma mir wirklich alles restlos übertragen hat?

„Jana, die Königin der miesen Brötchen!"

Ich ignoriere Taras Spruch und stelle mich einfach vor sie. Sie könnte Videos machen. Meeresblaue Augen. Eine Nase wie gemalt. Immer ein Hauch Lipgloss drauf, aber nie zuviel. Die Wiese duftet wie frisch gemäht.

Tara steht auf, sodass ihr Gesicht nun direkt vor meinem ist. „Was willst du?"

„Ich will wissen, wieso du mich so behandelst, dass ich Stifte nach dir werfe."

Tara mustert mich. Die Iris ihrer Augen glitzert wie der Ozean in der Sonne. Darüber verändert sich die Form der Augenbrauen. Jetzt lächelt sie. So ganz warm, wie ich es noch nie gesehen habe. Im nächsten Moment spüre ich ihre Lippen auf meinen und den Ozean ganz nah. Mein Herz klopft wieder. Das fühlt sich auch aufregend an!

Tara löst sich, nimmt meine Hände, schaut mich an und sagt: „Wieso ich dich nerve? Na, weil ich dich mag, du dummes Huhn!“

Donald auf der Fanta-Dose

Nach dem aufregendsten Schultag meines Lebens komme ich heim. In der Bäckerei läuft der kleine Fernseher. Er steht oben auf dem braunen Regal mit den Kaffee-Bohnen.

Wenn Oma arbeitet, bleibt er immer aus. Sie findet schon die Zeitung auf der Theke zu viel. Die hat heute den Titel: „Gefahr am Kaukasus!“ Ich sehe wieder diese Soldaten zwischen den Hügeln. Auch im Fernseher geht es darum. „Taumeln wir da wirklich in einen Krieg hinein?“, fragt eine Moderatorin. Ein Mann mit langen Haaren antwortet: „Ein einziges unbedachtes Wort kann zu einer Eskalation führen. Und von den Menschenleben einmal abgesehen: Einen richtigen Krieg, den kann sich auch unser Planet nicht mehr leisten. Dann ist die Umwelt endgültig kaputt.“

Ich gehe rauf in die Wohnung. Als ich die Tür aufschließe, höre ich Papas Stimme in der Küche. Wieso ist der oben und nicht in der Backstube?

Eine zweite Stimme ertönt. Sehr tief. Viel Bass. Die habe ich schon mal gehört.

Ich schaue um die Ecke. Es ist Herr Brüggemann, unser Vermieter. Zwei Meter groß, weite Hose, weiße Haare. Sein Kopf ist sehr eckig und lang. Wie ein Baumstamm. Sein Mund wölbt sich ein wenig nach vorn. Als wäre er fähig, ein ganzes Altendorfer Brot in einem Happs zu verspeisen.

„Ich habe Ihnen vor Wochen geschrieben. Vor Wochen habe ich geschrieben, dass es mir schon reicht, wenn Sie etwas Geld überweisen. Es muss nicht mal die ganze Miete sein. Aber gar nichts zahlen und mich ignorieren – das ist respektlos! Das geht gar nicht!“

Mein Vater wirft seine Hände nach vorn. „Ich muss mich heutzutage entscheiden, Herr Brüggemann. Will ich das Gas bezahlen, um den Ofen zu heizen? Will ich Teig einkaufen und Zutaten? Oder will ich Ihnen die Miete zahlen? Wenn ich Miete zahle, aber unten nicht backen kann, dann bringt es das auch nicht."

„Haben Sie mir nicht zugehört? Es geht nicht um das Geld. Es geht um Respekt! Sie strengen sich ja nicht mal an, um gegen diese Bread Boyz anzukommen!" Herr Brüggemann fuchtelt nun auch mit den Armen. Da sie so groß und lang sind, stößt er mit den Ellbogen das Bild von Mama von der Wand. Das mit dem Rucksack in den Bergen. Es fällt zu Boden. Das Glas im Rahmen splittert.

Ich schreie auf. Papa und Herr Brüggemann bemerken mich erst jetzt.

Herr Brüggemann hebt das Bild auf und legt es auf den Tisch. Er schiebt ein paar Scherben gerade und räuspert sich.

Mein Vater zischt: „Fassen Sie dieses Bild nicht an."

Herr Brüggemann will was sagen. Papa kommt um den Tisch herum. Seine Augen glühen. Kurze, harte Luftstöße schießen aus seiner Nase. Ich bemerke, dass seine Fäuste geballt sind.

Schnell schiebe ich mich zwischen ihn und den Vermieter. Den Rücken zu Papa, das Gesicht zu Herrn Brüggemann. Ich hebe die Hand und klappe zwei Finger aus. „Zwei Wochen! Geben Sie uns zwei Wochen! Dann kommen wir mit einem neuen Konzept für die Bäckerei zu Ihnen, ja? Dann machen wir die Bread Boyz fertig."

Herr Brüggemann sieht mich an, als wäre ich gerade der einzige Mensch im Raum, vor dem er Respekt haben kann. Er zupft seine Jacke zurecht und sagt: „Dann geh ich mal."

Kaum ist er raus, will Papa was sagen, aber ich bin schneller. Jetzt nutze ich meine neue Fähigkeit auch bei ihm.

„Wie lange hast du die Briefe vom Vermieter nicht aufgemacht?"

Ich merke, wie Papa nicht antworten will, aber sein Mund trotzdem aufgeht.

„Drei Monate."

„Und wie lange, hast du gedacht, kannst du keine Miete zahlen, ohne dass was passiert?“

„Keine Ahnung!“ Jetzt klingt Papa wie ein kleiner Junge. Gleichzeitig merkt er, was gerade passiert. „Sag mal, hast du etwa ...? Hat Oma dir ...?“

„Ja, hat sie! Und wieso hast du mir das nie erzählt, dass sie das kann? Dass Mama das konnte?“

Papa senkt den Blick. „Das dürfen die Frauen nur unter sich weitergeben.“

Ich zeige auf seinen dämlichen, alten Laptop, der schon wieder auf dem Tisch schnauft.

„Und was guckst du da immer heimlich?“

Papa seufzt. Aber er kann nicht anders. Er dreht das Ding zu mir. „Es ist nichts Unanständiges.“

Ich schaue auf den Bildschirm. Ein Mann im T-Shirt von The Flash sitzt vor einer Wand aus Holzbrettern. Auf dem Tisch vor ihm stehen ganz alte Fanta-Dosen.

Jetzt sieht man seine Hände. So, wie in den alten Videos von Victoria. Wie bei *10.000 Things.* Die Hände halten eine Dose in die Kamera. Donald Duck ist auf ihr abgedruckt. Der Neffe von Onkel Dagobert. Dagobert, der so reich ist, dass er in seinem Geld-Speicher in den Gold-Talern schwimmt. Donald hebt den Finger und kneift ein Auge zusammen. Unter ihm steht: „Weil's Spaß macht und schmeckt." Der Mann im Video sagt: „Ich dreh die Dose mal ein bisschen weiter, dann seht ihr hier noch das alte Fanta-Logo mit dem Zusatz: Vitamin C."

Ich schaue Papa an. „Was ist das?"

„Der Kanal heißt *Retro 80.* Und der Mann heißt Arthur. Er zeigt lauter Sachen aus den Achtzigern. Altes Spielzeug. Knibbelbilder. Zauberschlangen. Taschenrechner."

„Und das guckst du die halbe Nacht, statt die Rechnungen aufzumachen? Oder mal was zu posten über aktuelle Angebote in der Bäckerei?"

„Ja, Jana, das gucke ich die ganze Nacht! Ja! Und weißt du, warum? Weil ich ein Kind war, als es diese

Fanta-Dosen gab! Und weil ich wieder ein Kind sein will! Weil ich wegmöchte aus diesem Leben!“

Jetzt sind Papas Augen feucht. Und meine wissen nicht, was sie eher wollen. Traurig sein oder stinksauer.

„Reparier Mamas Bild“, sage ich und rausche ab in mein Zimmer.

Ich knalle die Tür hinter mir zu und schließe sogar ab. Victoria macht gerade 250 Euro am Tag mit ihren Kanälen. Hat sie mir auch erzählt. Zweihundertfünfzig! Am Tag! Dafür muss Papa eine Menge Brötchen verkaufen. Khaby Lame kann seinen Eltern eine Villa kaufen. Und dem Königshaus gehören alle Schwäne.

Wütend greife ich mein Smartphone, starte einen Live-Stream und packe das Telefon fest mit beiden Händen. Ohne groß zu planen, spreche ich in die Kamera: „Hier ist Jana, und teilt dieses Video gerne mit allen, die ihr kennt. Ich sag's euch, wie es ist. Ich mache das hier nicht weiter für zwei Likes pro Beitrag. Ich weiß, da geht mehr. Da muss mehr gehen. Aber dafür brauche ich eure Hilfe. Sagt mir, was ihr gerne sehen würdet. Sagt mir alles, was ihr denkt."

Das Telefon wird zwischen meinen Händen ganz warm. Als wäre es schon seit Stunden gelaufen. Oder frisch geladen. Ich denke an Mama und wie sie nie mehr in die Berge konnte. An Papa, der dieses Leben nicht mehr will und wieder ein kleiner Junge sein möchte. An Oma, die noch im Krankenhaus liegt. An all die Rechnungen, die wir haben, während andere Scheiß-Villen kaufen können. Weil sie genau das bringen, was die Leute sehen wollen.

„Seid ehrlich!", brülle ich jetzt in die kleine Kamera, „seid doch verdammt noch mal ehrlich!!!"

Wie wenn Holz splittert

Als ich am nächsten Morgen die Schule erreiche, sehe ich, wie Fahir gerade auf Basti losgeht. Fahir, der mich gestern noch geküsst hat. So geküsst, dass alles wieder Sommer wurde. Jetzt brüllt Fahir, als wäre alles Winter. Winter mit Gewitter und Sturm.

„Du blöder Wichser!“

Er springt auf Basti zu und umfasst ihn mit beiden Armen. Sie fallen auf den Boden. Bastis Wange schrabbt kurz über den Asphalt. Er stößt Fahir weg. Beide springen wieder auf. Fahir schnappt sich Bastis linken Arm und versucht, ihn nach hinten zu drehen.

Lauter Handys filmen die Szene. Manche rufen: „Wehr dich, Basti!“ Andere halten zu Fahir und bellen: „Mach ihn platt, den Hurensohn!“

Basti dreht sich, aber Fahir schiebt ihn nach vorne. Knallt ihn mit der Brust und dem Kopf auf die Tischtennis-Platte. Die Platte ist aus Granit-Stein und das Netz aus festem Stahl. Bastis Kopf hat es nur knapp verfehlt. Ich schiebe meine Arme zwischen die beiden und sehe Fahir in die Augen. Denke an unseren Kuss, damit er auch daran denkt. Er lässt etwas lockerer.

„Was machst du denn da? Was ist los mit euch?"

„Ich war bloß endlich mal ehrlich!", schreit Fahir. „Endlich war ich ehrlich und dann macht der Kelb sich darüber lustig!"

Basti lacht böse, das Gesicht auf der Platte. „Ist doch auch lustig!"

Fahir drückt ihn fester im Nacken, mit der linken Hand. Mit der rechten zeigt er mir sein Handy.

Ich lese. Auf seinem Profil hat Fahir geschrieben:

So, ich sag's jetzt, wie es ist. Ich mag Mädchen, klar. Und ich mag Jungs. Das Leben ist kurz und die Liebe ist für alle da. #love #freedom #happy

Ich schaue ihn an. Irgendwie wirkt er jetzt noch schöner. Er hat auch viele Likes bekommen. Aber Basti schreibt in den Kommentaren:

Unser harter Fahir eine Schwuchtel? Wer hätte das gedacht?

Dazu eine Menge Emojis, die Tränen lachen.

Aus dem Lehrerzimmer fliegt ein Stuhl durch das Fenster. Durch das geschlossene Fenster. Ich kann es selbst kaum glauben. Einige Schüler springen zur Seite. Splitter verteilen sich überall. In dem Rahmen, wo mal eine Scheibe war, taucht Herr Kötters auf. Er hatte sich geduckt. Offenbar wurde der Stuhl nach ihm geworfen.

Tara hält ihr Handy in die Luft und ruft: „Guckt mal, was der Kötters geschrieben hat!“

Ich mache das Profil unseres Lehrers auf.

An alle meine Kollegen. Ihr seid erbärmlich. Peinlich. Ungebildetes Pack. Wer hat euch in diese Schule gelassen? Wie könnt ihr Lehrer sein? Ach, verzeiht, ich meine „Lehrer*innen“? Habt ihr

überhaupt mal ein Buch gelesen? Ihr denkt doch, Fontane, das wäre eine Sorte Mineralwasser. Ihr Deppen! Ihr Kleinkinder! Ihr glaubt auch, Daten in der Cloud wären wirklich in einer Wolke. Aber das Internet, das sind riesige Räume mit Festplatten und blinkenden Lichtern. Tausend Meilen Kabel durch die Ozeane. Das ist echt. Und es gibt ein paar Leute, die haben das in den Händen. Die können das auch ausmachen, wenn sie wollen. Ihr naiven Idioten! Und die Değirmencioğlu? Wie kann man als Griechin so hässlich sein?

Ich schaue zum Fenster, das keines mehr ist. Offenbar hat unsere Mathe-Lehrerin den Stuhl geworfen. Sie ist nicht hässlich. Alles andere als das.

Vor dem Zaun der Schule quietschen Reifen. Zwei Autos halten an, Eltern springen heraus. Die Frauen schreien sich an. Die Männer gehen aufeinander los. Einer ist weiß, der andere schwarz.

„Haben Sie das ernsthaft über uns in die Gruppe geschrieben? Dass wir gefälligst wieder nach Hause gehen sollen?"

„Ja, und wenn?"

„Wissen Sie, wo unser Zuhause ist?"

„Keine Ahnung? Ghana? Guinea? Gabun?"

„Gelsenkirchen, Sie Arschloch!"

Ich ahne, was hier passiert. Meine Ohren sausen. Es brennt in meiner Brust. Ich renne zu meinem Rad und fahre nach Hause. Auf dem Weg fällt mir auf, wie alle Leute auf die Handys starren. Mehr als sowieso immer schon. Alle Köpfe sind unten. Nackenschmerzen. Wer hochschaut, flucht. Autos hupen. Es fühlt sich an, als müsste ich schnell in Deckung gehen. Als könnten, wenn das so weitergeht, auf der Straße bald schon Kugeln fliegen.

In der Bäckerei atme ich kurz durch. Uwe steht vor der Theke und Celine bedient ihn.

Elif wischt durch ihr Handy. „Krass", haucht sie, „was ist bloß mit den Leuten los?" Sie bemerkt mich. „Jana, hast du gesehen, was dein Vater heute morgen gepostet hat?"

„Er hat *was*?"

„Ja. Wochenlang schreibt er gar nichts und dann so was."

Ich schaue auf mein Handy und kann nicht fassen, was mein Vater in die Kommentar-Spalte des Profils der Bread Boyz getippt hat.

Was seid ihr? Bäcker oder Bartkünstler? Das Öl gehört ins Brot und nicht in die Haare, ihr Scheiß-Hipster! Und Home? Heimatbrot? Ihr seid Bayern! Zugewanderte Bayern, die kein Deutsch können und nur Englisch labern. Und böse, hitzköpfige Jungs seid ihr in Wirklichkeit auch nicht. Bloß kühl rechnende Marketing-Erwachsene, die ihre Kundschaft manipulieren. Ihr widerlichen Schleimer!!!

Ich gucke weiter. Überall werden neue Einträge angezeigt. Neue Stories. Neue Reels. Viele sind letzte Nacht live gegangen und die Clips stehen immer noch im Netz.

Basti hat auf Twitch zugegeben, dass er seinen Vater hasst. Drei Stunden lang.

Victoria hat gestern Nacht ein Video ohne Schminke gepostet. Ohne alles. Müde, verheult. Ihr lief sogar der Rotz aus der Nase. „Ich will einfach mal nur auf dem Schulhof stehen und quatschen“, hat sie geklagt. „Bloß quatschen, ohne Kamera. Oder in den Himmel gucken. Stattdessen muss ich immer diese Scheiße drehen, weil *ihr* keinen Tag ohne mich auskommt.“ Sie tippte auf die Kamera. Der Finger ganz groß, das Gesicht im Hintergrund verwaschen. „Habt ihr kein Leben, oder was? Ihr erbärmlichen Wichte! Seid ihr so hobbylos?“

In der Bäckerei läuft der Fernseher. Eine Sondersendung. „Der Deckel ist vom Kessel“, sagt die Nachrichten-Sprecherin. „Im Konflikt am Kaukasus haben die Machthaber der verfeindeten Staaten sich gegenseitig im Netz auf schlimmste Weise beschimpft. Die Hoffnungen liegen nun auf den Präsidenten der USA und China, einen Krieg zu verhindern. Sie stehen jeweils auf der einen oder der anderen Seite.“

Uwe schaut zum Bildschirm und schüttelt den Kopf, während ihm Celine seine Brötchen einpackt. Er nimmt die Tüte entgegen, zahlt und dreht sich um zum Gehen ... da kommt Bernd in den Laden und schlägt ihm mitten ins Gesicht.

Celine schreit.

Ich zucke zusammen und lasse mein Handy fallen. So ein Schlag, das ist nicht wie im Film. Das sieht ganz anders aus. Das klingt auch ganz anders. Wie wenn Holz splittert. Wie wenn Holz splittert, aber mitten in einer Frikadelle.

Blut schießt aus Uwe Nase. Er versucht, es mit den Händen aufzuhalten. Seine Tüte mit den Brötchen ist zu Boden gefallen und aufgerissen.

Wie sie nun da liegen, die Brötchen, auf dem Boden, einfach so, das macht mich unglaublich traurig. Gleichzeitig kann ich nicht fassen, was gerade passiert.

Bernd schubst Uwe erneut, stößt ihm heftig vor die Schulter. Wieder knackt was. Bernd will Uwe zerbrechen, Knochen für Knochen. Er hält sein Handy in die Luft. „So denkst du also über mich, ja? Deinen Kameraden bei der Feuerwehr? Ja? So denkst du und tippst es einfach ins Netz?“

Uwe hebt die Hände zur Abwehr. Er erwartet weitere Schläge.

Im Fernseher erscheint eine Weltkarte, die so aussieht wie die aus meinem Albtraum neulich.

Bernd brüllt. „Ich stehe angeblich heimlich auf Bianca? Auf deine Frau? Dein Ernst?"

Jetzt schubst Uwe zurück. Er nimmt die Hände runter, das Blut tropft weiter aus seiner Nase. Seine Augen glühen jetzt auch rot. Zornesrot. „Ja, stimmt doch, oder? Seit der Schule wolltest du sie haben. Du Versager!"

„Ja, aber heute müsste ich deine fünf verzogenen Gören direkt mit dazunehmen! Glaubst du, die will ich haben?"

Uwe wartet eine halbe Sekunde, dann geht es endgültig los. Mit seinen Fäusten drischt er jetzt auf Bernd ein. Ohne Plan. Nur mit Wut. Nicht wie ein Boxer, der bloß ab und zu haut und ansonsten abwartet. Nein, Uwe schlägt so oft zu, als sei selbst eine halbe Sekunde Pause zwischen den Treffern zu viel. Bernd stürzt in die Stehtische und Hocker, reißt sie um.

Ich sammele die Brötchen auf, die auf dem Boden liegen, als wenn das wichtig wäre. Als könnte ich was ändern, wenn ich die Brötchen rette.

Draußen auf der Straße halten zwei Autos an. Beide Fahrer steigen aus und schreien sich an.

Im Fernseher sagt die Sprecherin: „Statt zu vermitteln, gehen nun auch die Schutz-Mächte aufeinaner los. Die neueste Provokation des amerikanischen Präsidenten gegenüber dem chinesischen Staatsoberhaupt lässt uns den Atem stocken. Zwei Atom-Mächte streiten sich wie Jungs auf dem Schulhof."

Ich sinke hinter der Theke zu Boden, presse die Brötchen an mich und flüstere, ohne dass jemand es hören kann, wie leid es mir tut, was ich getan habe. Wie leid es mir tut, dass jetzt wegen mir doch die Welt untergeht.

Da kennen wir gar nicht die Zielgruppe

Ich fahre zum Krankenhaus. Oder zum Hospital, wie sie es nennen. Im Flur gibt die Schwester, die neulich bei Oma im Zimmer war, einem Arzt eine Ohrfeige. Leute laufen wild durcheinander.

Ein Krankenpfleger liest etwas in seinem Telefon und sagt: „Okay, wenn das so ist! Ich kündige!“ Er zieht seine Kluft aus, wirft sie auf den Boden und stapft davon.

Ich finde Omas Zimmer und mache die Tür hinter mir zu.

Stille. Das erste Mal seit heute Morgen.

Oma liegt im Bett und sieht mich an. Lautlos flimmert der Fernseher. Erste Panzer. Ein Flugzeug. Kurz sieht man einen Konferenzraum wie aus meinem Albtraum. Im Kreis aufgestellte Tische mit ganz viel Raum in der Mitte. Oma schüttelt den Kopf und spricht ganz leise. Trotzdem stehen die Worte ganz deutlich im Raum. Wie in einem Kopfhörer.

„Hast du es wirklich ins Netz gelassen?"

Ich weiß nicht, was ich sagen soll. Meine Hände glühen. Wie gestern Nacht, als ich den Leuten sagte, sie sollen endlich ehrlich sein.

„Jana ..."

Ich gehe zu Omas Bett. „Ich habe nur ein paar Follower. Mich kennt kaum jemand. Wie kann das sein, dass die ganze Welt ausrastet?"

Oma lehnt den Kopf zurück. Sie wirkt sehr müde. Als hätte sie mit einem Mal ihre Kraft verloren. „Alles ist verbunden."

Ich lasse den Kopf hängen. So war das nicht gedacht. „Können wir denn nichts tun? Können wir es irgendwie zurücknehmen?"

Oma schwenkt im Kissen den Kopf hin und her. Es raschelt. Sie sieht nach draußen. Zu den Bäumen.

In den Himmel, in dem bald wieder der Milchmond steht. „Ihr hättet gar nicht erst damit anfangen sollen. Schon vorher nicht.“

„Wer, ihr? Womit?“

„Ihr. Wir. Die Menschheit. Mit dem Internet. Obwohl, nein, nicht mit dem Internet. Das war eine gute Idee. So viel Wissen, das jeder nachschlagen kann. Und die Möglichkeit, dass alle einfach singen können. Und schreiben. Und malen. Dinge ausprobieren und der ganzen Welt zeigen. Ohne dass vorher jemand anders darüber entscheidet, ob ein Buch überhaupt erscheinen kann. Oder ein Lied. Oder eine Idee. Das war wirklich gut, ja ...“ Oma lallt immer noch ein wenig. Ein leichter Schlaganfall war es, hat der Arzt gesagt.

Ich finde das Wort grausam. Schlaganfall. Was Fahir heute mit Basti gemacht hat oder Bernd mit Uwe ... das sind Schlaganfälle. Einer kriegt einen Anfall und schlägt auf den anderen ein. Ein Schlaganfall wie bei Oma? Da schlägt der Körper auf sich selbst ein. Das finde ich viel gruseliger. Wenn einer dich boxt, kannst du die Arme hochnehmen oder dich ducken. Du kannst weglaufen oder zurückschlagen. Aber wie soll man sich gegen seinen eigenen Körper wehren?

Oma lächelt. Ganz kurz nur. „Stell dir vor, mit Brötchen und Brot wäre das wie mit Büchern oder Liedern. Du machst sie, und dann kannst du sie nicht einfach sofort verkaufen, sondern musst erst jemanden finden, der das für dich tut. Und der sagt dann: Ein Brötchen mit Kümmel und Salz? Da kennen wir gar nicht die Zielgruppe."

„Man kann mittlerweile auch selber Bücher machen lassen", sage ich. „Und Lieder. Alles eigentlich."

„Ich sag ja, das Internet war eine gute Idee. Aber dann habt ihr gedacht: Statt selber was zu machen, beschimpfe ich lieber andere. Oder sage ihnen, wieso sie böse sind und ich gut. Und tausend neue Worte habt ihr erfunden. Tausend neue Gruppen. Und jede Gruppe denkt, sie ist die gute. Und jeder ist nur noch das, was seine Gruppe ist. Weißt du, früher ..."

Oma nimmt den Kopf wieder aus dem Kissen. „... früher, da kamen wir zusammen. Im Garten beim Grillen. In der Gaststätte. Unter dem Weihnachtsbaum. Und wir hatten alle ganz unterschiedliche Meinungen. Ich weiß noch, der Egon, der war damals schon ein Naturbursche. Hat keine Medizin an sich rangelassen, die aus dem Labor kam. Und Strom gespart hat der! Einfach so. Nicht, weil's teuer war. Hatte kein Auto. Nur ein Rad mit Anhänger.

Aber die Elke, die fuhr Motorrad. Eine ganz schwere Maschine. Und wenn ihr was wehtat, dann schluckte sie Pillen. Auf ihrem Motorrad hatte sie einen Adler als Aufkleber. Einen amerikanischen, neben der USA-Flagge. Streifen und Sterne. Der Egon konnte das nicht verstehen. „Die Amis“, denen hat er nie getraut. Der Egon hat nur Fisch gegessen und auch das bloß selten. Die Elke? Schweineschnitzel, Kalb, Lamm, Reh ... man hätte sich nicht gewundert, wenn sie auch noch Krokodile probiert hätte. Obwohl, das hat sie sogar. Im afrikanischen Hotel vom Phantasialand.“

Oma greift nach einem Trink-Päckchen, das auf ihrem Nachttisch steht. Null Komma zwei Liter. Orange. Es ist eine ganze Frucht darauf abgebildet, mit einem Blatt am Stiel. Und eine halbe, aufgeschnitten. Rechts unten steht, dass der Saft vegan ist.

Oma steckt den Strohhalm rein und gibt mir das Ding. Ich sauge am Strohhalm, als wäre ich acht. Er weicht auf zwischen meinen Lippen. Seit ein paar Jahren sind alle Strohhalme aus Papier. Strohhalme aus Plastik sind verboten worden. Im leise gestellten Fernseher rollen gepanzerte Jeeps mit Gewehren darauf durch die Berge. Gewehre sind noch nicht verboten worden.

„Der Egon und die Elke", erzählt Oma weiter, „die haben sich oft gefetzt damals. Das ging hoch her. Und weißt du, was dann passiert ist?"

Ich schüttele den Kopf, am Strohhalm saugend. Das Päckchen zieht sich zusammen. Es gluckert.

„Dann haben sie geheiratet. Und es gab Schnitzel am Büfett und Frikadellen aus Soja für Vegetarier. Es waren Rockerfreunde von Elke da. Und Waldfreunde von Egon. Manche sogar barfuß."

Ich stelle es mir vor. Rocker in Stiefeln und daneben so kleine Hobbits. Mit Haaren an den Füßen.

„Wenn heute zwei Leute so verschieden sind“, sagt Oma, „glaubst du, dann kommt es überhaupt noch dazu, dass sie sich mögen?“

Ich leere das Päckchen. Sauge den letzten Tropfen heraus.

„Nein.“

„Eben. Und das alles wegen dem, was aus dem Netz geworden ist. Die Welt sollte so groß werden dadurch. Und wir haben sie so klein gemacht.“

Oma nimmt mir das leere Päckchen ab und legt es wieder auf den Nachttisch. Mein ganzer Mund schmeckt Orange. Aber die Welt fühlt sich gerade Dunkelgrau an. Ich denke an die alten Fanta-Dosen in Papas Video.

„Was denkst du denn darüber?“, fragt mich Oma. „Ganz ehrlich.“

Jetzt will sie die Magie bei mir anwenden? Ich bin doch dagegen immun. Ich sage doch nicht einfach, was ich denke. Dachte ich. Aber da fängt mein Mund schon an zu plappern.

„Ich hasse es!"

Schnell versuche ich noch, die Worte mit den Händen aufzuhalten. Aber sie fallen aus meinem Mund.

„Ich will mir nicht überlegen müssen, was die Leute mögen. Ich will einfach was über den Stummel erzählen."

„Den Stummel?"

„Ja. Ist egal jetzt. Vielleicht will ich auch gar nichts drehen. Vielleicht will ich nur die Schwäne füttern gehen. Und ihnen sagen, dass sie keine Angst mehr haben müssen, weil es keinen König gibt. Oder vielleicht will ich mit Victoria befreundet sein. Vielleicht will ich Fahir knutschen und Tara. Ganz egal, was die Leute darüber schreiben!"

Ich greife nach einem Kissen auf dem leeren Bett neben Oma und halte es mir vors Gesicht. Sie zieht es sanft wieder runter.

„Ich habe mal die Elke geknutscht. Da war sie schon mit dem Egon zusammen."

„Oma!“

„Ja, ich bin nur ehrlich.“

„Ich hab’ dich aber gar nicht gefragt.“

„Umgekehrt würde es auch nicht klappen.“

„Nein?“

„Nein. Ich habe viele Jahrzehnte mehr Übung.“

Ich schaue sie an. „Aber die Leute nicht.“

„Was?“

„Die Leute vorm Netz. Die haben keine Übung.“ Ich stehe auf und gehe rückwärts zur Tür. „Ein Gegengift, Oma. Ich weiß, was ich machen werde. Bleib hier. Keine Sorge! Wir schaffen das!“

28.800 Tage

Das Bild wackelt. Victoria verschiebt ein letztes Mal die Kamera. Nesrin tupft mich ab, damit meine Haut nicht so glänzt. Es darf nicht aussehen, als wenn ich schwitze. Wer schwitzt, wirkt nervös. Und wer nervös wirkt, lügt.

Wir drehen das Video am Ufer des Sees. In einer kleinen Bucht, wo niemand sonst ist. Alina hat die Szene richtig ausgeleuchtet. Mit kleinen Scheinwerfern auf Klappständern.

Victoria dreht sich um. Schaut wieder in die Kamera. „Sind die Schwäne im Hintergrund zu sehen?"

„Ja", sagt Alina.

„Die Schwäne sind wichtig. Schwäne beruhigen die Leute."

Am Kragen unserer T-Shirts klemmen kleine Mikros. Der Klang ist noch wichtiger als die Schwäne. Als das Bild überhaupt. Victoria hat es mir erklärt. Wenn ein Video schlecht klingt, dann klicken die Leute weiter. Dann haben sie schon keinen Bock mehr. Und „schlecht“, das heißt schon alles, wo die Stimme nicht so klar und nah in deinem Ohr flüstert, als würden die Lippen es berühren.

Es muss alles perfekt sein für diesen Film.

Das Schicksal der Welt hängt davon ab.

„Bereit?“ Nesrin hält ihre Hände übereinander.

Wir nicken. „Bereit.“

„Dann eins, zwei, drei, Klappe!“ Sie klatscht die Hände zusammen. An der Kamera geht das Licht an.

Wir sprechen die wichtigsten Worte unseres Lebens.

„Hallo, ihr Lieben. Mein Name ist Victoria. Ihr kennt mich.“

„Und ich heiße Jana. Ihr kennt mich wahrscheinlich nicht.“

„Wir möchten euch heute mal eine Zahl sagen.“ Victoria macht eine kurze Pause. Pausen sind wichtig, wenn man möchte, dass die Leute zuhören.

„28.800.“

Victoria schaut in die Kamera. Ihre Augen sind nicht blau wie die von Tara. Eher hellbraun mit einem leichten Stich ins Grüne. Wie wenn einen der Wald umarmt.

„28.800 Tage. So lange leben wir. Im Durchschnitt. Wenn wir 78 Jahre alt werden. Das klingt nicht viel, oder? 28.800?“ Sie schaut zu mir.

Jetzt bin ich wieder dran. Abwechslung ist wichtig, wenn man möchte, dass die Leute zuhören.

„Wenn wir acht Stunden am Tag schlafen, sind 9.600 Tage von den 28.800 insgesamt schon weg. Verpennt. Zack. Übrig bleiben also, Victoria?“

Sie tut so, als würde sie es im Kopf rechnen. „19.200 Tage."

Ich mache weiter. „Und jetzt stellt euch vor, fünf Stunden am Tag gehen noch für Sachen weg, die ihr nicht mögt. Alle blöden Fächer in der Schule zum Beispiel. Eure ganze Kindheit und Jugend lang. Oder ihr habt später einen Job, den ihr nur so halb mögt. Höchstens. Machen wir fünf Stunden pro Tag im Schnitt. Das sind dann wieder 6.000 Tage weniger."

Victoria legt den Kopf schief. „Jetzt bleiben nur 13.200 Tage Zeit für das, was ihr machen wollt. Was ihr erleben wollt. Wie klein ist diese Zahl? Man denkt doch, man lebt viel länger, oder? Ich meine, die laden am Tag 720.000 Stunden Videos hoch. Nur bei YouTube. Das sind 30.000 Tage. So. Und jetzt hat Jana an euch alle eine ganz wichtige Frage."

Nun lassen wir die Pause länger wirken. Über uns rauscht der Wind durch die Baumwipfel. Ich stehe auf und hocke mich direkt vor die Kamera. Ich lege die Hände links und rechts an das Gerät. Atme. Konzentriere mich darauf. Warte, bis meine Hände warm werden und sich mit der Kamera verbinden.

Mit dem Netz. Mit der ganzen Welt. Dann hebe ich den Blick und schaue direkt in die Linse.

„Seid bitte ehrlich. Wie wollt ihr diese Zeit wirklich verbringen?“

Victoria gibt Alina ein Zeichen. Ich bleibe in der Hocke. Löse die Hände von der Kamera. Alina hebt die Kamera an, filmt über mich hinweg den See und zoomt ganz nah an die Schwäne heran. Dann ist es geschafft.

Diesen letzten Satz, den haben wir uns lange überlegt. Vorher hatte ich Victoria von meiner Fähigkeit erzählt. Ich hätte nicht gedacht, dass sie mir so schnell glaubt. Aber ich musste sie bloß noch ein, zwei Sachen fragen. Zu ihrer Familie. Zu den Jungs, die sie bisher hatte. Dann war sie überzeugt.

Dieser letzte Satz, der sollte kein Befehl werden. Nicht so direkt. Nicht: „Seid endlich wieder freundlich zueinander!“ Oder: „Wollt ihr wirklich euer Leben damit verschwenden, euch gegenseitig fertigzumachen?“

Nein. Einfach nur zeigen, wie kurz wir bloß hier sind, in dieser Welt. Und dann fragen: „Wie wollt ihr diese Zeit wirklich verbringen?" Dann kommen sie von selbst drauf. Dann müssen sie es doch fühlen.

Nesrin kommt auf uns zu. „Das war toll, Vic..." Fast kürzt sie den Namen wieder ab, aber dann spricht sie weiter. „...toria."

Wir umarmen uns. Alle vier. Unter den Bäumen. Neben dem See mit den Schwänen. Wir haben die Welt gerettet.

Hoffentlich.

Die letzten Minuten

Noch in der Nacht fielen die ersten Schüsse. Nicht bei uns im Dorf, aber in den Bergen. Im Kaukasus. Die Nachrichten explodierten. Der Krieg begann.

Ein paar Stunden vorher hatte unser Video noch gewirkt. Und meine Magie. Es hatte gewirkt auf ganz normale Menschen. Wir konnten das sehen, in allen Netzwerken. Leute haben angefangen, ihre Träume zu posten. Was sie mit ihrem Leben machen wollen. Mit den paar Tausend Tagen, die noch übrig sind. Oder den paar Hundert. Menschen haben sich vertragen. Es hagelte Herzchen.

Basti hat bei Fahir in die Spalte geschrieben und seinen alten Hasskommentar gelöscht. Herr Kötters hat ein wackeliges Video gedreht, in dem er Frau Değirmencioğlu sagt: „Sofia, es tut mir leid. Ich bin so ein Kind. Was denkst du, warum ich dich beleidigt habe? Weil ich dich mag! Hast du das Video unserer Schülerinnen gesehen? Ich weiß jetzt die Antwort auf ihre Frage, was ich mit meinen letzten Tagen machen will. Ich weiß nicht, wie viele es sind. Das kannst du als Mathe-Lehrerin besser ausrechnen. Aber den ersten Tag vom Rest meines Lebens ... darf ich dich da ins Theater einladen?"

Es war wunderschön. Wir haben in der Küche gesessen. Victoria, Alina, Nesrin, Papa und ich. Haben Oma im Hospital angerufen und es ihr erzählt. Und sie meinte, auch da merkt sie schon was. Die Schwester hat ihr ein Eis gebracht. Einfach so. Aus dem Kiosk. Pistazie. Und dann, nur wenige Stunden später – Krieg.

Denn es hat zwar gewirkt auf ganz normale Menschen, aber nicht auf diese Männer mit den Oberlippenbärten. Mit den Anzügen. Nicht auf die an den im Kreis gestellten Tischen. Nicht auf den Präsidenten der Amerikaner und nicht auf den der Chinesen. Vielleicht fehlt denen einfach was in der Birne. Oder in der Seele. Da muss was kaputtgegangen sein.

Der Krieg läuft jetzt erst einen Tag, aber die normalen Leute haben auch wieder angefangen, kaputt zu sein. Alle streiten sich. Alle hassen sich. Die, die für den Krieg sind und die dagegen.

Die, die sagen, die eine Seite hat Schuld, und die, die sagen, die andere. Tausende Stunden Lebenszeit gehen dahin. Die Netzwerke füllen sich mit Sätzen voller Rufzeichen und Großbuchstaben.

>> Was schreiben Sie für ein krudes Zeug???!!!
>>> Ich bin krude? Sie sind ein Kriegstreiber! KRIEGSTREIBER!
>>>> Und Sie? Wollen all diese Menschen opfern? Widerwärtig!
>>>>> Unmensch!
>>>>>> Bastard!

Im Fernsehen sitzen Leute in diesen Sendungen, wo alle durcheinander sprechen. Die haben noch nie was gebracht, diese Shows. Jetzt enden Sie in Schlägereien.

Papa und ich sind bei Oma im Hospital. Weil wir nicht wissen, was passieren wird. Weil wir uns plötzlich vorstellen können, dass sogar hier die Sirenen heulen. Ich muss an einen Film denken, den ich letztens gesehen habe. Darin fliegt ein Asteroid auf die Erde zu, der unseren schönen Planeten auf jeden Fall zerstören wird. Alle Versuche, ihn zu stoppen, gehen schief. Am Ende sitzen die Haupt-

Figuren gemeinsam am Tisch. Sie haben ihre letzten Stunden genutzt. Haben zusammen gegessen, getrunken. Sich schöne Erinnerungen erzählt. Noch zwei Stunden, bis alles endet? Niemand kommt auf die Idee, dann noch schnell ein Selfie zu schießen. Oder ein Video zu drehen.

Als es noch zwei Minuten sind, halten sie sich alle gegenseitig die Hände. Schauen sich an. Schließen Frieden damit. Sagen sich, dass sie sich lieb haben und es ein gutes Leben war. Dann geht die Welt tatsächlich unter. Ich habe dagesessen, auf dem Sofa, und habe geheult. Das Kissen in der Hand, die Lippen zwischen den Zähnen. Es lief mir richtig runter und Papa auch. Ich möchte jetzt an einem Tisch sein, zu Hause, und nicht in diesem blöden Krankenzimmer.

„Schaut mal. Was ist das?" Oma greift zur Fernbedienung und macht den Fernseher lauter.

Dieses Mal sieht man keinen Raum mit rundem Tisch-Kreis, sondern einen großen Saal. Ein breites Pult, wie aus Marmor. Dahinter eine goldene Wand. Auf ihr ist die Welt als Kreis angebracht, wie eine

Scheibe, mit dem Nordpol in der Mitte. Zwei Oliven-Zweige ranken sich darum.

Ein Mann tritt ans Mikro. Er sagt, man habe eine schwerwiegende Entscheidung getroffen. Eine, bei der alle großen Digital-Unternehmen mitmachen. Eine, die „das Gesicht der Welt verändern wird“ und bei „der keine Zeit bleibt, weiter zu zögern“. Dann wird der Name der Aktion eingeblendet. In großer Schrift. Mit einem Stecker und einem Kabel als Symbole. Die Aktion heißt: PULL THE PLUG. Ziehe den Stecker. Der Mann erklärt weiter, was nun passieren wird, auf Englisch. Und auch, wenn Herr Kötters bei meinem Englisch Zahnschmerzen bekommt, verstehe ich das meiste, noch bevor der Dolmetscher es übersetzt. Denn der ist sowieso sehr langsam. Weil er nicht glauben kann, was er hört.

Wie Papa.

Wie Oma.

Wie ich.

Cola-Lippen

(zwei Monate später)

Der Ball klappert auf dem Granit-Stein der Tischtennis-Platte. Das hört sich ganz anders an als auf Holz. Sehr hell. Hell und spitz. Wie wenn eine Taube mit ihren Krallen über die Dach-Rinne spaziert. Seit Neuestem achte ich nicht nur genau auf Farben, sondern auch auf Klänge. Das macht Spaß. Und ich habe ja jetzt Zeit. Viel mehr Zeit. Und viel weniger Ablenkung. Wie wir alle.

Der Schläger von Basti klingt weich. Er hat dicke Gummi-Beläge drauf. Fahir spielt mit so einem dünnen Brett. Nur ein paar Noppen. Da knallt der Ball richtig. Als würde man auf ein kleines, leeres Fass klopfen. Basti spielt besser, aber ich glaube, er lässt Fahir gewinnen. Vielleicht hat er immer noch ein schlechtes Gewissen wegen früher. Komisch, dass ich schon „früher“ denke. Als wäre es eine ganz andere Welt gewesen.

Tara sitzt auf der Bank neben der Platte und feuert einfach abwechselnd beide an. Wenn sie gerade nicht ruft, löst sich auch zwischen ihren Lippen ein Papier-Strohhalm auf. Er steckt in einer Flasche Cola, nicht in einem kleinen Trink-Päckchen. Das Rot ihrer Lippen passt zum Rot der Cola-Flasche. Ich könnte diese Lippen jederzeit wieder küssen, denke ich. Und die von Fahir auch. Gerade macht er einen guten Punkt. Eine Rückhand gegen den Lauf von Basti. Der Ball fliegt bis weit auf den Schulhof, wo die Fünfer Fußball spielen.

Das Fenster des Lehrerzimmers ist repariert.

Vor dem Schulzaun warten schon ein paar Eltern auf ihre Kinder. Ein Vater lehnt am Auto, eine Brille auf den Kopf geschoben. Er neigt sich nach hinten, um die letzten Sonnenstrahlen des Jahres zu genießen. Ein paar Passanten spazieren an dem Vater vorüber. Ein Mann mit kleinem Mischlingshund. Eine Frau mit Kinderwagen. Sie lächelt in den Wagen hinein, wo das Kleine gerade wahrscheinlich guckt, wie Babys eben so gucken. Früher hätte der Vater am Auto sich nach vorne gelehnt, um was in sein Telefon zu tippen. Und die Frau mit dem Kind hätte sich ihr Smartphone vors Gesicht gehalten.

Meine Oma sagt immer, die ganz kleinen Kinder von heute, die denken irgendwann, der Kopf der Mama sei rechteckig und habe kleine Kameraugen hinten und vorne. So war es jedenfalls. Jetzt gibt es kaum noch Smombies.

Es riecht nach Cola und Kirsch-Shampoo. Tara steht mittlerweile neben mir. Sie sieht auch, was ich sehe. „Weißt du, was mir jetzt erst auffällt?“, sagt sie.

„Nö.“

„Hier, mit dem Nacken nach unten, das hat eigentlich immer so ausgesehen wie früher bei den Sklaven. Jetzt gehen die Leute aufrecht. Gucken über den See. Manche sogar in die Wolken.“ Sie dreht sich zu mir. „Sieht besser aus, oder?“

Ich nicke.

Drüben am See steht Herr Kötters auf der Wiese. Seine Klasse aus der Neunten sitzt um ihn herum. Er gibt jetzt Philosophie immer draußen. „Wie früher die alten Griechen“, sagt er. Frau Değirmencioğlu ist noch nicht mit ihm ins Theater ausgegangen. Ein netter Kötters? Das kann sie kaum glauben. Aber er gibt sich wirklich Mühe. Hat sogar ein neues Fahrrad. Eine neue Tasche. Eine neue Frisur. Und er macht ständig Scherze darüber, wie recht Frau Değirmencioğlu hatte, mit einem ganzen Stuhl nach ihm zu werfen.

„Willst du mal was machen?", fragt Tara. Mit „was machen" meint sie natürlich auch – weggehen. Rumknutschen. Ihr Kirschshampoo und mein Vanille, zusammen im Kino, oder drüben, am Ufer, wo ich mit Victoria das Video gedreht habe.

Ich schaue auf meine Schuh-Spitzen und dann zu Fahir.

Tara dreht sich um. „Du kannst auch mit ihm was machen", sagt sie und ich spüre – die meint das so. „Kein Problem. Das Leben ist kurz, oder? Nur 28.800 Tage? Also mit Schlaf und Schule." Sie lacht.

Ich küsse sie auf ihre Cola-Lippen, kichere, laufe zu meinem Rad und fahre nach Hause.

Über der Schaufenster-Scheibe der Bäckerei klebt das neue Firmenschild. Darunter die Adresse lutz-backt.de. Die Aktion vor zwei Monaten hieß zwar PULL THE PLUG, aber sie haben nicht das ganze Internet abgeschaltet. Webseiten gibt es noch. Aber keine sozialen Netzwerke mehr. Keine Kommentar-Spalten unter Videos oder bei den Zeitungen. Alle Daumen sind verschwunden. Die nach oben und die nach unten. Alle Herzchen. Keiner hat mehr die Möglichkeit, immer sofort rauszuhauen, was er von irgendwas hält.

Die Leute unter der Welt-Scheibe auf goldenem Grund haben auch neue Regeln für die Presse gemacht. Die Leute von der Zeitung oder vom Fernsehen dürfen nur noch berichten. Also, ganz sachlich. Wenn sie anfangen, Werbung für die eine oder die andere Seite zu machen, kriegen sie eine Strafe. Ein paar wenige Sendungen mit Meinung gibt es noch. Aber es muss immer jede Meinung vorkommen. Wie damals bei Egon und Elke, von denen Oma erzählt hat. Und jeder, der heute noch in solchen Sendungen mitmacht, muss vorher sagen, ob ihn jemand bezahlt. Eine Firma zum Beispiel, die Pillen herstellt. Oder Panzer. Oder ob er in einem Verein ist, der diese oder jene Haltung hat. Ungefähr so, wie bei Auto-Rennfahrern die Werbepartner auf der Jacke stehen. Seitdem dieses Gesetz gilt, sind ganz viele Gäste aus den Sendungen verschwunden.

Ich betrete die Bäckerei. Das Glöckchen klingelt. Vor der Theke stehen Uwe und Bernd.

Im Fernseher flimmern die fernen Berge. Der Krieg ist noch nicht vorbei, aber immerhin schweigen gerade die Waffen. Alle Beteiligten sitzen zusammen und versuchen, eine Lösung zu finden. Auch über die anderen großen Probleme der Welt wird gerade verhandelt. In Oslo geht es um das Klima. In Kapstadt um eine gemeinsame, starke Währung für ganz Afrika. In Neuseeland basteln ein paar Milliardäre an einer neuen Technologie, um den Plastikmüll aus den Weltmeeren zu holen. Alle haben jetzt Zeit. Und niemand muss sich Gedanken machen, was die Leute über ihn schreiben. Einen Shitstorm kann es nur noch geben, wenn ein Dixiklo umfällt, ausläuft und genau in dem Moment ein Windstoß kommt.

„Die kriegen das hin", sagt Bernd und zeigt auf den Fernseher. Celine gibt ihm seine Tüte. „Wie wir." Er klatscht Uwe ab.

Der schaut mich an und fragt: „Jana! Kommt bald ein neues Video?“

„Aber sicher!“

„Super! Ich würde ein Like geben, aber dann eben jetzt so.“ Er hebt den Daumen.

Noch ein paar Stunden, dann schließt die Bäckerei und wird unser Studio für frische Filme auf der Seite lutz-backt.de. Sicher, die Leute könnten auch auf den eigenen Seiten ihre Zeit damit verbringen, Gehässigkeiten zu verbreiten. Aber das macht keiner. Es gibt ja keine Daumen dafür. Niemand kann es teilen. Und außerdem ist den meisten endlich ihre Zeit im Leben wertvoll.

Papa hat neulich dem Herrn Brüggemann zwei Monatsmieten gegeben. Seine 80er-Jahre-Videos guckt er noch, aber er möchte trotzdem in unserer Zeit bleiben. Die Bread Boyz sind ganz aus dem Netz geflogen, als PULL THE PLUG gekommen ist. Sie hatten überhaupt keine eigene Seite. Sie waren nur in den Netzwerken.

Die Play-Taste

Wie es uns geht, das macht das Licht. Alina hat die Bäckerei ganz warm ausgeleuchtet. Noch goldbrauner, als sie sowieso schon ist. Papa und ich stehen hinter der Theke bereit. Victoria begrüßt das Publikum zur vierten Folge von *Lutz backt – die Zutaten.* Dann übergibt sie an Papa und mich. Oma steht ganz hinten im Raum und drückt uns die Daumen. Sie verkauft immer noch jeden Tag ganz hervorragend. Aber eine Kamera, das ist weiterhin nichts für sie.

Mein Vater lässt einige ganze Körner durch seine Hand rieseln. Es raschelt und pingt ganz fein, als sie in einer Schüssel aufkommen.

Ich sage: „Der Emmer ist eines der ältesten Getreide der Welt. Vor 10.000 Jahren haben die Menschen ihn schon angebaut. Im Nahen Osten. Die Bauern säen ihn erst im Herbst. Wenn's Winter wird, fühlt er sich sogar wohl. Er kann minus 20 Grad aushalten."

In der Nacht träume ich von dem Raum mit den Tischen. Die zwei Männer stehen sich wieder gegenüber, aber sie sind wie eingefroren. Ein Pausenbild. Die Hände oben, die Münder halb offen. Auch sonst sind alle Menschen im Saal wie ein Standbild. Die Landkarte auf dem großen Bildschirm auch. Nichts bewegt sich. Alles liegt still da. Mehr als still sogar. Stille bemerkt man ja, weil's hier und da noch ein leises Geräusch gibt. Aber hier ist gar nichts.

Doch, jetzt.

Ein Patschen. Feuchte Füße.

Ein Schnattern.

Ein Schwan kommt in den Saal und wackelt mit seinem langen Hals. Das Gefieder ist strahlend weiß. Sein oranger Schnabel wird von tiefem Schwarz umrandet.

Er schaut zu mir.

Schaut zu den Männern.

Ich merke, dass ich träume, aber ich kann trotzdem nichts machen. Mitten in der Luft erscheint ein Dreieck, die Spitze nach rechts.

Wie eine Play-Taste. Eine Play-Taste, die die Pause auflöst.

„Nein!“, rufe ich, „doch nicht du! Doch kein Schwan!“

Aber er watschelt hin, schnattert noch einmal und tippt dann mit dem Schnabel auf das Symbol in der Luft. Die Männer bewegen sich wieder. Fuchteln herum. Brüllen sich an. Auf der Landkarte fangen Länder erneut an, rot zu blinken.

Ich wache auf. Schweiß klebt meine Haare an der Stirn fest. In der Wohnung ist es still. Also still in dem Sinne, dass Geräusche es still machen. Papa seufzt im Schlaf. Oma schnarcht eine Treppe höher. Die Geräusche purzeln die hölzernen Stufen hinab wie hart gewordene Brötchen.

Ich gehe in die Küche und nehme mir eine Erdbeermilch aus dem Kühlschrank. Mama schaut mich an, auf dem Foto in den Bergen. Sie hatte bloß 14.235 Tage. Also mit Schlaf und allem. Viel zu wenig. Wenigstens hat sie keinen davon damit verschwendet, dumme Sprüche ins Netz zu tippen.

Auf dem Küchentisch liegt eine Zeitung. „Hoffnung auf Frieden“ steht groß auf dem Titel. Ich sehe Fußball-Fotos und die Lottozahlen. Aber auch, ganz klein, rechts unten, nur als winzige Meldung:

Von den Besten zu den Resten. Ein neues digitales Unternehmen möchte dabei helfen, das Netz zu sortieren und Webseiten zu bewerten. „Es geht nicht darum, jemanden schlechtzumachen“, sagt der Gründer. „Wir wollen nur helfen, eine gute Entscheidung zu treffen.“

Ich nehme einen Schluck von der Milch. Sie schimmert in sanftem Rot und klingt beim Gluckern wie ein Dorfbrunnen in der Nacht. Und sie schmeckt so süß, dass ich mir, die Zeitung in der Hand, denke:

Ich glaube, wir müssen uns keine Sorgen machen.

Dieses Buch wurde von Jugendlichen für Jugendliche getestet.

Ebenfalls lieferbar:
„Alles, was du denkst" im Unterricht
in der Reihe Lesen – Verstehen – Lernen
Bestellnr. 82445
Kostenloser Download: www.beltz.de/lehrer

MIX
Papier | Fördert gute Waldnutzung
FSC® C089473

Dieses Buch ist erhältlich als:
ISBN 978-3-407-82392-2 Print

Beltz Verlagsgruppe GmbH & Co. KG
Werderstraße 10, 69469 Weinheim
service@beltz.de

Dieses Werk wurde vermittelt durch die Literarische Agentur Thomas Schlück GmbH, 30161 Hannover.
Lektorat: Carolin Eichenlaub
Neue Rechtschreibung
Einbandgestaltung: Cornelia Niere
Herstellung: Jasmin Kerstner
Druck und Bindung: Beltz Grafische Betriebe, Bad Langensalza
Beltz Grafische Betriebe ist ein Unternehmen mit finanziellem Klimabeitrag (ID 15985-2104-1001).
Printed in Germany
3 4 5 6 7 22 23 24 25 26

Der Inhalt dieses Buchs wurde auf 100 % Recyclingpapier gedruckt.

Weitere Informationen zu unseren Autor:innen und Titeln finden Sie unter: www.beltz.de